LE TRESOR

DES PIECES RARES OU INEDITES

HENRI BAUDE

TIRÉ A 350 EXEMPLAIRES :

330 sur papier vergé ;
4 sur papier de Chine ;
8 sur papier de couleur ;
8 sur papier vélin.

C.

PARIS. — IMPRIME CHEZ BONAVENTURE ET DUCESSOIS,
55, QUAI DES AUGUSTINS.

LES VERS

DE MAITRE

HENRI BAUDE

POETE DU XVe SIECLE

RECUEILLIS ET PUBLIES
AVEC LES ACTES QUI CONCERNENT SA VIE

PAR M. J. QUICHERAT

A PARIS

CHEZ AUG. AUBRY, LIBRAIRE

RUE DAUPHINE, N. 16.

M D CCC LVI

NOTICE

SUR

HENRI BAUDE

RANÇOIS VILLON a couché sur son Grand Testament un certain Baude, carme de profession ou de mœurs, qui n'est certainement pas celui dont il s'agit ici. Il suffit qu'en 1461, date du Grand Testament, le Baude de Villon ait été un vieillard (il le dit positivement) pour que le rapprochement des deux personnages soit impossible. Non-seulement le nôtre vivait encore sous Charles VIII, mais il était encore, sous ce règne, d'humeur et d'âge à se faire de mauvaises affaires avec la police.

Tout récemment, M. Vallet de Viriville a exhumé un autre Baude, prosateur, dont nous possédions, sans le savoir, un éloge historique de

Charles VII [1]. Ce Baude-là, jouant sur son nom, qui était autrefois celui d'une race de chiens courants, s'est mis en scène dans sa préface[2] sous la figure et avec le poil d'un chasseur à quatre pattes. Dès lors, parlant comme aurait fait un chien d'Ésope, il nous instruit d'une mésaventure qui faillit lui coûter cher, une fois que poursuivant un grand cerf il se laissa écarter de sa piste par un cerf plus petit; et les deux cerfs sont dépeints de telle sorte qu'on y reconnaît Charles VII et son fils. L'allégorie a donc trait aux dissensions des deux princes; elle contient, en ce qui touche l'auteur, l'aveu d'un acte d'étourderie, d'une erreur de jeunesse que toutes les apparences permettent d'attribuer à maître Henri Baude.

Le nom de Baude n'est pas dans le Temple de Bonne Renommée de Jean Bouchet, où d'autres poëtes, ses contemporains et ses inférieurs, ont eu leur mention. Il manque aussi dans les auteurs les plus complets de notre histoire littéraire, Lacroix du Maine, Duverdier, Goujet. Il faut descendre jusqu'à notre siècle pour trouver la première trace de cet enfant

---

[1] Nouvelles recherches sur Henri Baude, poëte et prosateur du XVe siècle. Br. in-8°, Paris, 1853.

[2] Morceau reproduit à la fin de ce volume.

perdu du vieux Parnasse français. Quelques-uns
de ses vers, composés à la louange du Bourbonnais, ont été introduits à titre de renseignement
dans une description topographique qui fait
suite à l'Ancien Bourbonnais de M. Ach. Allier[1].
Mais qui s'aviserait d'aller chercher là un poëte
inédit? Deux autres pièces de lui, imprimées
depuis lors sans nom d'auteur[2], n'ont pas con-
tribué davantage à le faire connaître.

Les vers de Baude, joints à sa prose et à celle
de maints greffiers qui ont instrumenté à son
occasion, nous fournissent sur sa vie d'assez
amples renseignements.

Il naquit à Moulins[3], je suppose vers 1430.
Dès qu'il fut d'âge à être quelque chose, cher-
chant fortune, il rencontra la Cour et parvint à
s'y faire admettre, vraisemblablement en qualité
de commis. Peut-être mordu de l'ambition d'a-
vancer, peut-être entraîné tout bonnement par
ses liaisons de jeune homme, il fut de ceux qui
suivirent l'héritier de la couronne en Dauphiné,
lorsque le prince se sépara de son père. Mais le
dissentiment s'étant aggravé au point d'amener
une rupture complète et la fuite du fils dans

---

[1] Appendice de M. Batissier à la fin du t. II, p. 36.

[2] Dans le Recueil des chants historiques français.

[3] Ci-après, p. 69.

les États du duc de Bourgogne, maître Baude
vit qu'il faisait fausse route, et il retourna au service du roi. Cela lui valut une récompense. Il fut
promu, en 1458, à l'office d'élu des aides pour
le bas Limousin[1]. Arrivé là, il n'en bougea plus.

Son talent poétique s'était-il produit avant
qu'il obtînt cette place? Je n'en sais rien; tout
ce que je puis dire, c'est que pas un des vers
que j'ai recueillis ne paraît antérieur à sa nomination. Les plus anciens sont du règne de
Louis XI, de 1465; du moins l'auteur les date
de « l'année où chacun tendait à son profit, »
qualification parfaitement appropriée à l'année
de la guerre du Bien Public. Cette pièce de 1465
est un testament, testament non d'un homme,
mais d'une bête, d'une vieille mule parlemen-
taire qui avait trotté pendant vingt ans sur le
pavé de Paris, portant sur son dos les plus gros
seigneurs de la finance et de la justice. Baude
s'inscrivit au nombre de ses légataires pour
avoir sa selle, meuble sans lequel il prétendait
ne pouvoir plus chevaucher. Le reste est plein
d'allusions du même goût. Ce qui en ressort de
plus clair pour la vie de notre auteur, c'est qu'il
hantait le Palais et qu'il en connaissait parfaitement le personnel et la chronique.

---

[1] Ci-après le texte de sa nomination, p. 110.

Un élu était un magistrat chargé de répartir
l'impôt pour la guerre dans une certaine circon-
scription de pays ; il avait en outre à juger les
réclamations des imposés contre le trésor ou du
trésor contre les imposés. Cela ne laissait pas
que d'occuper ; mais l'usage des sinécures était
si général autrefois, que les élus, comme la
plupart des autres fonctionnaires, faisaient faire
leur ouvrage par leurs commis, tandis qu'ils
venaient eux-mêmes suivre les affaires à Paris.
Baude, qui avait des procès à soutenir et sa muse
à cultiver, n'eut garde d'aller s'enterrer à
Uzerche ou à Tulle lorsqu'il pouvait rester dans
la capitale, et il y resta si bien que dans le titre
de plusieurs de ses pièces il est qualifié « d'esleu
de Lymosin demourant à Paris [1]. » De cette
façon il put vivre dans la société de ses juges,
les requérir en prose et en vers, et, lorsqu'ils
faisaient trop traîner sa cause, se moquer d'eux.
Le soin de sa charge se réduisait pour lui à avoir
là-bas de bons employés qui ne prélevassent
pas trop sur son casuel. Les titres font foi
qu'il s'arrangea de son mieux en prenant
pour ses commis des personnes de sa famille,
peut-être ses propres fils. Nous avons des
quittances de Jean et de François Baude, clercs

---

[1] Voy. ci-après, p. 15.

et greffiers des élus du bas Limousin, en 1479
et 1482[1].

Louis XI paraît avoir gardé rancune à M. l'Élu,
son ci-devant serviteur, qui l'avait si bravement
délaissé dans ses tribulations. Il ne le destitua
pas, ne le tourmenta en aucune façon, mais il
fit la sourde oreille à tout ce que l'autre put dire
pour raccommoder ses affaires. Deux rondeaux
nous apprennent cela[2]. Ils sont, avec une ballade
contre Charles de Melun, un méchant logogriphe sur le traité de Picquigni et une fantaisie
à l'occasion de la paix d'Arras, tout ce qui
nous reste de la muse de Baude inspirée par
ce règne. Nous avons plus et mieux pour juger
de la figure qu'il fit sous Charles VIII.

Lorsque ce jeune et bénin prince eut succédé
à son très-redouté père, à la vue de tant de con-
voiteux qui envahissaient les régions du pouvoir,
Baude s'avisa de faire une pièce de circonstance,
une moralité qui, selon l'usage, fut jouée sur la
Table de marbre dans la grand'salle du Palais[3].

---

[1] Voyez ci-après, p. 112.

[2] Voy. p. 35.

[3] Ce qui prouve, par parenthèse, que les frères Parfait
se sont trompés lorsqu'ils ont cru que l'arrêt du Parlement
qui prohiba ces représentations, en 1477, avait été observé
jusqu'à l'avénement de Louis XII. *Histoire du théâtre
françois*, t. II, p. 102.

Le roi était fort loué dans cette pièce ; l'un des acteurs le comparait à une fontaine vivifiante d'où le royaume espérait tirer bientôt sa fécondité ; mais l'interlocuteur, poursuivant la métaphore, déplorait la présence, dans cette eau si pure, d'herbes et de racines qui empêchaient son cours, de gravois et de bourbes qui la troublaient, et aussi donnaient lieu à des pêches par trop fructueuses. Là-dessus grands applaudissements des spectateurs. Mais cela, redit en Cour, n'y fit point rire. L'un crut se reconnaître dans l'image des mauvaises herbes, l'autre dans celle des bourbes et gravois ; finalement une compagnie d'archers fut envoyée de nuit pour saisir à domicile le malencontreux moraliste et ceux des clercs de la Basoche qui lui avaient servi d'interprètes. Sa porte fut enfoncée, et malgré ses protestations qu'il n'avait pas voulu attaquer telle ou telle personne, mais seulement blâmer le mal dans sa généralité, malgré ses plaintes contre la violence qu'on lui faisait, il fut arraché de son lit et conduit au petit Châtelet[1].

L'étoile de certaines gens met dans leur vie ce que n'oserait pas l'imagination des romanciers. L'arrestation de Baude, faite dans la nuit

---

[1] Voyez ci-après, p. 76 et 77.

du 8 au 9 mai 1846, était la répétition d'une aventure toute pareille qui lui était arrivée trois mois avant, à Sainte-Menehould où il était allé, muni d'un décret de justice, pour exécuter à son profit les biens du grand Bâtard de Bourgogne. Les gens du Bâtard ayant appris l'objet de sa visite, l'étaient allé prendre au lit et l'avaient emmené, pieds nuds, vilipendé et battu jusqu'au sang, dans un cul-de-basse-fosse du château de l'endroit. Heureusement pour lui la justice avait pu être prévenue par un recors qui se sauva après avoir verbalisé[1]. Baude, tiré des oubliettes de Sainte-Menehould, revint à Paris intenter un procès criminel aux sbires qui l'avaient si mal mené. L'affaire suivait son cours, lorsqu'il devint prévenu lui-même, et si juste à point pour ses adversaires, qu'on ne peut guère douter que le grand Bâtard, leur maître, n'ait été de ceux qui firent une affaire d'État de la farce jouée au Palais.

Baude avait de bons appuis, et dans le Parlement qui avait autorisé la représentation de sa pièce, et dans le peuple de Paris qui l'avait applaudie. Pour première grâce, il obtint de rester prisonnier à Paris, quoique l'ordre d'incarcération décerné contre lui portât expressé-

---

[1] Ci-après l'arrêt du Parlement, p. 121.

ment qu'il irait respirer l'air du château de Melun. Ensuite toutes les autorités s'agitèrent en sa faveur. L'évêque de Paris le réclama comme son justiciable, à titre de clerc; la ville, par l'organe du Prévôt des marchands et des échevins, se porta partie plaignante pour la violence exercée contre un de ses notables; de sorte que le Parlement, assailli de requêtes, jugea qu'une cause si grave était de sa compétence, et l'évoqua par devers lui. Baude fut transféré du Petit-Châtelet à la Conciergerie. MM. de la Tournelle se firent lire la pièce incriminée tout comme s'ils ne la connaissaient pas, s'efforcèrent de ne pas rire et remirent l'instruction à un autre moment. En attendant, le prévenu fut relâché sous caution; puis on le rappela au bout de quelques semaines pour lui faire subir un interrogatoire, après quoi on le relâcha encore [1].

Tout cela dénotait un parti pris d'indulgence dont les courtisans furent exaspérés. Une nouvelle violence, à ce qu'il paraît, remit Baude entre les mains du lieutenant-criminel, qui cette fois le garda étroitement serré sous les verrous, et sans qu'on voie que le Parlement ait rien fait pour le tirer de là. Trois mois se passèrent, pendant lesquels on multiplia les interrogatoires, on

---

[1] Arrêts du Parlement, ci-après, p. 113, 116 et 119.

usa de tous les moyens d'intimidation et de contrainte[1], tant qu'à la fin, le pauvre captif perdit courage. Ne sachant plus à quel saint se vouer, il essaya de se faire, à l'aide de sa muse, un protecteur à la Cour. Justement le duc de Bourbon, souverain de son pays natal, se trouvait être en ce moment le premier personnage du royaume. Il cumulait la présidence du conseil de régence avec la charge de connétable. Baude ne le connaissait pas, quoique ce fût un prince ami des lettres. Il lui adressa une épître pleine de ses louanges, de celles de sa maison, de celles surtout de leur commun pays. C'est à peine si le poëte, occupé à transformer le Bourbonnais en paradis terrestre, songea dans ses vers à parler de lui-même [2].

Il ne reçut pas de réponse. Cela lui fit voir qu'il fallait le prendre sur un autre ton, mieux expliquer son cas, moins flatter surtout un prince blasé à l'endroit des louanges, et lui donner, au lieu d'encens, de l'éperon. Il se mit donc à rimer les divers incidents de son procès, toutes les misères qu'on lui avait faites et qu'on lui faisait encore, insinuant qu'on le traitait de

---

[1] Deuxième épître au duc de Bourbon, pag. 78.
[2] Première épître au duc de Bourbon, p. 69.

la sorte parce qu'on le prenait pour une bête, et qu'on le jugeait tel parce qu'il était de Moulins. Il finissait en faisant accroire au vieux duc qu'il était un dictateur chargé d'exécuter la loi décrétée par les sénateurs du Parlement; qu'il avait l'épée pour cela, qu'il devait s'en servir.

Il faut que sa prison n'ait pas tardé à s'ouvrir, car au commencement de l'année 1487 il avait repris ses poursuites pour le fait de Sainte-Menehould, qui fut définitivement jugé à son honneur. Il en tira d'assez beaux dommages et intérêts, quatre cents livres, qui feraient bien aujourd'hui douze mille francs [1]. Je n'ai pas pu trouver aussi bien quelle fut l'issue de l'autre procès; mais la preuve que le duc de Bourbon intervint, résulte pour moi de ce que Baude eut depuis lors accès dans sa maison. Il y acquit même une certaine familiarité, puisqu'un jour que le prince lui faisait une promesse, il s'adjugea sa ceinture comme gage de l'accomplissement [2].

Quant à la moralité dont notre auteur paya si chèrement le succès, aucun des manuscrits que j'ai eus à ma disposition ne la contient; mais à la place de celle-là ils en donnent une

---

[1] Arrêt du 11 avril 1487.

[2] Voy. pag. 82.

autre plus circonspecte, quoiqu'elle soit dans le
même esprit. La Cour y est malmenée d'un
bout à l'autre, et c'est par les gens du Palais que
Baude lui fait tenir tête. Cette petite pièce contient le pronostic du néant à quoi devaient aboutir
les demandes des états généraux de 1484. Elle
dut être représentée au commencement de 1485.

Les préoccupations politiques des années
suivantes continuèrent à alimenter la veine de
notre poëte, et lui fournirent des traits dont on
saisirait mieux la portée s'ils étaient moins
enveloppés; mais il est excusable, après la leçon
qu'il avait reçue. Par l'une des pièces qu'il fit
alors, nous apprenons qu'il se voyait vieillir[1];
il résulte d'une autre qu'il rimait encore après
1490[2]. Le passage qui renferme cette date est
pour nous le testament de Baude.

Il mourut laissant une certaine réputation, si
l'on s'en rapporte à la personne qui nous a con-
servé ses vers, car elle ajoute à son nom la
qualification de « très-clair et renommé composeur. » Cet hommage lui fut rendu vers 1530,
et n'eut point d'écho. On a lieu de s'en étonner.
Lorsque les presses des imprimeurs gothiques
ont préservé de l'oubli tant d'ampoulés et creux

---

[1] Ci-après, pag. 90.

[2] Voy. p. 92.

versificateurs, le naturel d'Henri Baude demandait pour lui pareille faveur. Clément Marot sut l'apprécier, car il le pilla [1]; peut-être est-ce à cause de cela qu'il ne se donna pas la peine de recueillir et de publier ses œuvres, ainsi qu'il fit pour François Villon.

Villon et Baude sont de la même école. Tous deux ont préféré le sel gaulois à la magnificence amphigourique des poëtes flamands. L'élu du Limousin a peut-être encore plus de mérite d'avoir persévéré dans cette voie, car il vécut dans le temps où Georges Chastellain, par son influence, avait comme réduit à néant toute autre littérature. Le lourd Robertet, qui fut le poëte le mieux renté de France sous Charles VIII, consacrait ces fausses doctrines par sa pratique et par sa position de Mécène auprès du duc de Bourbon. Sans doute Baude eut à passer par sa faveur pour arriver à celle du prince. Quand on les aura lus tous les deux, on verra combien le protecteur était au-dessous du protégé.

On ne veut pas dire, par ce qui précède, que Baude soit un bon poëte : il mérite un bon rang dans son siècle, comme les borgnes dans le

---

[1] Voy. ci-après *les Lamentacions Bourrien*, et la notice placée en tête, p. 28.

royaume des aveugles. Il rampe souvent, souvent est obscur, et gâte son esprit pour ne pas savoir l'arrêter à temps. Ce sont les défauts de Villon. Après cela il faut reconnaître que s'ils sont l'un et l'autre difficiles à comprendre, la faute n'en est pas seulement à l'imperfection de leur génie, mais bien aux allusions, aujourd'hui inexplicables, dont ils sont pleins, et aux altérations qui se sont introduites dans leurs textes.

Quatre manuscrits de la Bibliothèque impériale ont fourni le choix de pièces qui fait l'objet de la présente publication ; ce sont les numéros 7685, 7686, 7687, du vieux fonds, et 208 du Supplément français. Quoique rangés dans deux fonds différents, ils ont tous quatre même origine. Ce sont d'anciens cahiers de vers formés par Jacques Robertet, petit-fils du poëte dont nous parlions tout à l'heure. Jacques Robertet était un homme d'une grande instruction[1]; toutefois, entre sa génération et celle de son aïeul, la langue avait changé, et lorsqu'il copiait d'anciens poëtes comme Baude, il lui arrivait déjà de ne pas tout comprendre. Évidemment il a corrigé plus d'une fois pour faire un sens.

---

[1] Marot a fait l'éloge de son savoir dans la *Déploration de la mort de Florimond Robertet.*

Robertet paraît avoir eu entre les mains un recueil complet des œuvres de Baude. Ses extraits sont plus nombreux dans le manuscrit 7685 que dans aucun des trois autres. Il les a mis sous le titre suivant, dont nous avons déjà eu lieu d'invoquer les termes : « S'ensuivent « plusieurs petits traictez et dictz extraitz des « œuvres de maistre Henry Baulde, en son « vivant esleu de Lymosin, demourant à Paris, « très-clair et renommé composeur en ryme et « langage françois. » Le titre d'élu appliqué au nom de Baude reparaît dans les trois autres manuscrits.

J'ai fait un choix dans le choix de Jacques Robertet. Quelques pièces étaient trop obscènes pour être reproduites, d'autres trop plates. Je me suis fait un devoir de ne rien omettre de ce qui pouvait offrir un sens historique, et j'ai disposé le tout dans un ordre qui peut passer pour l'ordre chronologique.

LES VERS

DE

MAITRE HENRI BAUDE

LES VERS

DE MAITRE HENRI BAUDE

LE TESTAMENT DE LA MULE BARBEAU.

ISTOIRE satirique d'une mule que l'un des trésoriers de Charles VII avait amenée d'Espagne en France, et dont la destinée ne manqua pas d'être brillante au commencement; car tour à tour elle fut donnée en cadeau au chancelier Guillaume Jouvenel des Ursins, puis échut à un notable conseiller, devenu depuis premier président du parlement de Toulouse. Par la suite, l'âge l'ayant défaite, elle passa de l'écurie du conseiller dans celle d'un simple greffier, Alain Delacroix, et du greffier à Barbeau, son dernier maître. Barbeau est désigné comme un personnage gros et gras, qui « vivait de cris et se nourrissait de plumes, » dont le séjour ordinaire était là grand'salle du Palais, particulièrement les environs de la Table de marbre. Ces enseignes ne sont-elles pas celles d'un huissier? La mule lui lègue sa voix, pour le besoin qu'il avait de se faire entendre.

> *Maistre Regnier, dit la mulle Barbeau,*
> *De Bouligny* [1]*, d'Espaigne m'amena*
> *Et le servy par ung temps bien et beau,*
> *Puis au seigneur de Treisnel* [2] *me donna.*
> *Malade fuz : par quoi m'abandonna;*
> *Dauvet* [3] *me print, que je servy par fois ;*
> *Vieille me vit, à son paige ordonna*
> *Que me baillast à Alain Delacroix.*

> *Je l'ay porté avecques maint registre;*
> *Or est-il mort, et mon poil est tout gris.*

---

[1] René de Bouligny figure dans l'histoire des révolutions qui troublèrent le règne de Charles VI. Il mourut trésorier de France vers 1445.

[2] C'est le nom que portait le frère du célèbre Jean Jouvenel des Ursins, archevêque de Reims et historien. Ce seigneur de Traisnel fut chancelier de Charles VII et de Louis XI.

[3] Jean Dauvet, seigneur de Clagny, fut fait premier président au parlement de Toulouse, et ensuite de Paris, par Louis XI.

Barbeau me tient; je ne sçay à quel titre;
Pour quoy, comment, la raison ne le pris.
Soustenu l'ay puis qu'à porter le pris ;
Et sans cesser il m'a tous jours foullée;
Et tellement a de picquer apris
Que, ventre et dos, je suis toute escorchée.

J'ay demouré, tant que suis vieille, éthique,
Sans rien gaigner, et ay perdu mon temps,
Tout mon vivant, avec gens de pratique;
Povre et foible de tous membres me sens ;
Et, qui pys est, on m'a lymé les dens
(Dont j'ay souffert, pour bien faire, grant mal)
Par cautelle (de bon cueur m'en repens)
A Orléans, des mains d'un mareschal.

Prendre en gré fault ; je ne sçay que j'en dye :
Il a long temps que plaisir ne m'advint.
Quoy qu'il en soit, j'ay une maladye
Prinse : de froit je croy qu'elle m'advint;
Rongeant mon frein des ans a plus de vingt,
Piedz nudz, sans fers : c'est ce que m'enryma.
Car six mois a, mareschal ne me tint,
Fors que celluy qui les dens me lyma.

Si n'ay-je fait excès il a long-temps,

Car j'ay tous jours vescu, comme une beste,
D'un peu de foing, d'avoine sur les champs,
Quand mon maistre faisoit aucune enqueste;
Jeûnant souvent, non pas à ma requeste,
Et jour et nuict par diverses journées [1]
Puis emplissoit, non pas de vin, ma teste
Mon ratellier, pour menger des bourrées [2].

Or est-il temps que nature s'acquicte :
Je n'en puis plus, je suis débilitée.
Rien plus certain n'est que la mort subitte
Et ne sçait-on comme elle est lymitée.
Pour le vouloir que j'ay d'estre acquitée,
Despartir vueil mes biens entièrement,
(Porter ne puis, j'en ay pris ma lippée)
En tous endroits, selon ce testament.

Mon corps premier, qui jadis fut si beaulx,
Entièrement, sans riens en retenir,
Veul estre mis au ventre des corbeaulx,
Car je n'ay pas vouloir de revenir;
Si mes os peuent en quelque rien servir,

---

[1] Courses, voyages.

[2] Inversion forcée. Le sens est : « Puis mon ratelier, pour
des bourrées que j'y mangeais, ne me portait pas au cerveau.»

Qui veult, les ait, quant ilz seront curé.
Barbeau aura, s'il y peult advenir,
Ma belle voix, et mon chant, son curé.

Pour s'esmoucher[1] ma queue aura Barbeau
Et de ma peau tabourins on fera.
De ma langue sera fait un traîneau[2]
Qui pour chausser ses pantoufles sera.
Et le Bailly sçavez-vous qu'il aura?
Je veulx qu'il ait (et ainsi l'ay enjoinct,
Car je sçay bien que bon gré m'en sçaura)
Mes oreilles, pour ce qu'il n'en a point[3].

Trois grans mastins seront exécuteurs
(Je l'ordonne) des bouchers Sainct-Germain[4],
Et de mes os veuil estre curateurs;
Car tous mes biens seront mis en leur main.
Chose mortelle n'a heure[5], ne demain;

---

[1] Chasser les mouches d'autour de lui.

[2] Objet qui remplaçait la corne servant aujourd'hui au même usage.

[3] L'auteur veut insinuer par là que celui dont il parle avait subi le châtiment des escrocs, à qui on coupait alors les oreilles.

[4] Trois grands chiens de la boucherie Sainct-Germain, seront, je l'ordonne, mes exécuteurs testamentaires, etc.

[5] Plutôt *huy*.

Penser y fault, quant en est lieu et temps.
J'ay murmuré souvant, quant ay eu faim,
Contre Barbeau : de bon cueur m'en repens.

A Julien je donne ma testière,
Car veue m'a ronger mon frain souvant ;
Colette aura, je le veulx, ma cropière :
Propre luy est, elle porte en avant.
Et du surplus de mon habillement
J'ay ordonné, point ne veulx qu'on le celle :
Baude l'aura, qui dit par son serment
Qu'il ne pourroit plus chevaucher sans selle.

Donné ou mois qu'on tue les pourceaulx [1],
L'an que chascun à son proufit tendoit,
Que pour argent on avoit des chappeaulx ;
Et que le vin partout cher se vendoit [2] *;*
Qu'argent presté à peine se rendoit ;
De blé assez, mais faulte de monnoye ;
Dessoubs mon seel et signet du pied d'oye,
Présent Barbeau, qui n'en a point de joye.

---

[1] C'est-à-dire en décembre.

[2] La récolte de l'an mil quatre cent soixante-cinq manqua par suite de l'abondance des pluies. Voir la Chronique scandaleuse.

Entre ung vieil cerf et une grand lisarde[1],
Entre trois cours[2], *et dessoubz deux grans roys*[3];
Au coing d'un gourt[4] *que le quint roy*[5] *regarde,*
Dessoubz marbré[6] *et tout encloz de bois,*
Où les jours maigre on oyt diverses voix,
Hante un Barbeau et s'y tient par coustume[7],
Groz, bien nourry, du lez de Gastinois,
Qui vit de cry et se nourrist de plume.

---

[1] Animaux empaillés qui étaient comme curiosités dans la salle du Palais. La *lisarde* était un serpent monstrueux.

[2] La grand'salle du palais était effectivement disposée sur trois cours.

[3] Les statues de Charlemagne et de saint Louis.

[4] Ou bien *hourt*, estrade.

[5] La statue de Charles V.

[6] Le bloc de marbre appelé Table de marbre était sous cette estrade.

[7] Ceci indique que la place de Barbeau était au midi de la grand'salle.

BALLADE FAICTE POUR Mgr DE DAMPMARTIN

CONTRE MESSIRE CHARLES DE MESLUNG.

Antoine de Chabannes, comte de Dammartin, ayant été dépouillé de tous ses biens et incarcéré à l'avénement de Louis XI, sa confiscation fut donnée à Charles de Melun, qui jouissait alors d'une faveur illimitée auprès du roi ; mais le traité de Saint-Maur fit rentrer en grâce le comte de Dammartin, et comme Charles de Melun s'était rendu suspect pendant la guerre du Bien public, ce fut son tour d'être persécuté. Les choses allèrent si loin, qu'il finit par avoir la tête coupée. La ballade est du commencement de l'année 1466, lorsqu'il venait seulement d'être exilé de la Cour et qu'il ne s'agissait encore pour lui que de rendre gorge entre les mains de son compétiteur. Les traits du poëte portent sur le contraste que présentait l'isolement du favori déchu avec la vie fastueuse et molle dont il avait scandalisé les Parisiens quelques mois auparavant, étant gouverneur de leur ville.

> *Dont viens-tu, Martin?—De Melun.*
> *—Et que dit-on?—J'ai veu Charlot.*
> *—Par ta foy?—Il est tout commun[1],*
> *Aussi camus comme ung rabot.*

---

[1] Comme un homme ordinaire.

—*En bon poinct?—Rond comme ung sabot*[1].
—*Quelle chière fait-il?—Triste et morne.*
—*Et que fait-il?—Sans dire mot,*
Il actent que le vent se tourne.

Est-il gracieulx?—A chacun.
—*Et courtois?—Comme ung angelot.*
—*A-il plus de portier?—Nes ung;*
En sa vie tant ne me plot.
Il contrefait le dorelot[2],
Il se lième dès qu'il ajourne.
—*Que peult-il?—Assés faire ung plot*[3];
Il actent que le vent se tourne.

—*Que dit-il?—Ses heures à jeung*
En regardant bouillir le pot.
—*A quoy passe-il temps?—A quelqu'un*[4],
Contemplant le bon temps qu'il ot.
—*Est-il asseuré?—Non pas trop.*

---

[1] Charles de Melun était un homme court et replet.

[2] Il fait le contraire de celui qui se dorelotte.

[3] Si le texte est correct, il faut entendre par là que tout le pouvoir du ci-devant favori est réduit à dévider du fil, à faire des pelotons, en attendant que le vent se tourne.

[4] Sous-entendu « *à penser* à quelqu'un, » c'est-à-dire à Antoine de Chabannes.

De quoy a-il peur?—Qu'on l'enfourne.

—Qu'actent-il?—Il n'est pas si sot,

Il actent que le vent se tourne.

Prince, que dis-tu?—Ce falot

Craint que ses coups on luy retourne;

Pour retourner à son tripot

Il actent que le vent se tourne [1].

LES LAMENTATIONS BOURRIEN,

CHANOINE DE SAINCT-GERMAIN-L'AUXERROIS.

SATIRE de mœurs, dont Marot s'est approprié les principaux traits, presque sans y rien changer, et qu'il a réduite en une épigramme de dix vers. C'est celle qu'on trouve dans tous les recueils de ses œuvres sous le titre du *Gros prieur.* Baude lui-même pourrait bien s'être inspiré du Chanoine amoureux que Villon a dépeint dans sa ballade des *Contrediz de franc Gontier;* toutefois, s'il a imité Villon, il ne l'a pas copié. Pour ce qui est du trait final, il est de ceux qui

---

[1] Cette pièce a été imprimée sans nom d'auteur dans le Recueil des chants historiques français de M. Le Roux de Lincy (t. I, p. 358). Elle se trouve dans le ms. suppl. fr. n. 298, entre d'autres pièces attribuées à Baude et porte assez la marque de son style.

ont tant d'auteurs qu'en réalité ils n'appartiennent à personne. Le sujet est celui d'un chanoine déplorant son abandon, après qu'il a vu fuir une infidèle dont un gage vivant lui est resté pour mémoire. Bien que sa douleur soit loin d'être mortelle, l'auteur s'introduit pour le consoler en lui débitant une longue tirade sur l'inconstance des femmes de son quartier (le quartier de Saint-Germain-l'Auxerrois). Ce morceau de rapport est d'une grande obscurité par la multitude d'allusions inexplicables qu'il contient; il nuit au reste de la pièce, et serait à retrancher si l'on ne voulait faire qu'une publication littéraire.

En ung mol lict, viz entre neuf et diz,

Près d'un grant feu, ung chanoine bien gras,

Qui devisoit par mélodieux dictz,

En se veutrant couché entre deux draps.

Son filz tenoit putatif en ses bras,

Le bers [1] joignant d'un grant pot où il pice,

(Le pot au feu bouilloit pour le repas)

Disant ses heures avecques la nourrice.

Avefy[2] fut, n'y ot pas longuement,

Non pas par mort, mais par translacion,

En regretant de cueur piteusement

Celle par qui eut généracion;

---

[1] Le berceau.

[2] Aveuvi, rendu veuf.

Puis prent l'enfant ; par admiracion
En l'accolant luy ryt, et puis le baise.
Le gars s'en ryt : tel consolacion
Y prent le doulx qu'il en souspire d'aise.

« Faiz, » ce dit-il au clerc de son mulet,
Ilec bon feu, pour faire la boulye,
Et va sçavoir si le bon vin cleret
Dure encores, et revien, je t'en prye. »
En soy tournant l'enfant se plainct et crye ;
Lors l'accola en le faisant dancer.
Il syfle et chante : que voulez que vous dye?
C'est grant plaisir que de l'ouyr chanter.

« Mon filz, » dit-il, « voulez-vous déjeûner?
Respondez-moy, parlez à vostre père.
Je vous ay fait, vous me devez aymer.
Hélas! (dit-il en regrettant sa mère)
La despartye fut à nous deux amère,
Mon doulx enfant, quand elle nous laissa ;
Onques depuis je ne feiz bonne chère.
Maudit soit-il, qui le faict pourchassa! »

L'enfant babille, qui encor n'a deux ans,
Et de la main lui baille par la joue,
Puis le regarde, puis le nez, puis les dens.

« Mais regardez, » dit-il, « comme il se joue ! »
Il le bouquine ; après luy fait la moue :
« Me semble-il pas, » dit-il à sa servante ?
— « Ouy, » fait-elle. Lors en plaisir se noue ;
Le jeu luy plaist, et ainsi se contente.

« Le cueur, mon filz, quant me souvient, me serre
De ta mère, que jadiz j'aymay tant.
Pourquoy m'a fait fortune si grant guerre
Qu'elle a laissé et le père et l'enfant ?
Quant m'en souvient, de deuil le cueur me fend,
Et d'autre aymer n'est pas en ma puissance.
Amour m'a fait du plaisir ; mais autant
Et plus m'a fait de deuil et desplaisance.

« J'ay autresfois blasmé en ma jeunesse
Jeunes amans, par grant desrision,
Du mal d'amours qui à présent me blesse,
Dont à present j'ay grant compassion ;
Et croy qu'il n'est douleur ne passion
Plus dolente ne qu'homme peust soufrir,
Quant deux amans d'une complexion
Sont anexez, et puis fault despartir. »

Lors lermoyant ses yeulx print à froter,
Car plouré jà avoit bien longuement ;

Et je, voulant le dolent conforter,
Luy remonstrant son cas benignement,
Luy diz ainsi qu'il faut pacienment
En gré porter les douleurs de ce monde ;
Et pour prouver particulièrement
Les cas égaulx, allégay la Bymonde,

Qui a vescu des ans bien vingt et sept
Fort éloquent, vivant de sa pratique,
Et a aymé, ainsi que chacun sçait,
En tous les ars et encore s'y applique ;
Qui a laissé maint prélat autentique,
Bourgeois, marchant et homme de finance.
Quant veult, les prent. Lysez en sa cronique :
Liberté veult et ayme sa plaisance.

—« Or alleguer ne vous veulx rien en vain :
Bien congnoissez, ce croy, ma demoiselle
Qui près vous maint jadiz de Sainct Germain [1].
Est à present comme une tourtorelle ;
Elle ne va si non quant on l'appelle.
Pancez en vous quantz serviteurs donnez
Se sont à elle, dont baillé de la pelle
Leur a au cul, et tous habandonnez.

---

1 Plutôt : « Qui près vous maint, je diz de S. Germain. »

« *Les mercières, chascune en son endroit,*
La cotonnère jaulne [1]*, la gibecière*
Leblanc-Aulbin, qui nommer la vouldroit
(Je ne veul point parler de l'espicière
Elle ayme trop ; si fait la pasticière) :
Voyez leurs faictz, considérez leurs gestes :
Prins ont partout (si a mainte lingière)
De telz que vous, puis les ont laissez bestes.

« *Que proufiter vous peult le desconfort ?*
Il envieillist, il vous fait marmyteux.
De vous douloir chascun dit qu'avez tort,
Combien qu'au vray voz regretz sont piteux.
Lysés au livre, non comme despiteux,
Mais doulcement, sans que le sens s'esgare,
Les doulx moyens, les parlers inciteux,
Que feit jadiz Jaquette de la Mare [2]*.*

« *Là trouverez les ordonnances peinctes*
Et les moyens du faict et du deffaict,
Pourquoy, comment, et les parolles fainctes,
Les jours, les heures, les regards et le faict ;

---

[1] Jaulne, sans doute employé pour *jeune*, comme ci-après, p. 90.

[2] Serait-il question ici d'un Art d'aimer composé par une Parisienne ? L'ouvrage et l'auteur sont aujourd'hui inconnus.

Les registres en sont en son buffet
Prothocollez d'ancienne coustume;
Laquelle en bref conclut et par effect :
« Vraye ouvrière est celle qui mieulx plume. »

« C'est très mal dit, ce me pourriez-vous dire,
Et comparé selon le personnage;
Car elle estoit aussi souple que cyre
Et n'estoit point de si lasche courage.
Je suis d'accord à tout vostre langaige
Et qu'elle estoit de vous fort amoureuse;
Mais prinse fut, qui fut ung grand oultrage,
Par cautz moyens, avecques la fumeuse. »

Et sur ce point on apporta la nappe,
Où il congneut que le disner s'advance.
Alors s'estend, il se frotte, il se grate,
A grant regret despart de sa plaisance;
Ung groz pet feit de toute sa puissance;
La fein. le prent, et il print sa chemise.
« Mon Dieu, dit-il, donne-moy pacience;
Qu'on a de maulx pour servir saincte église[1]*! »*

---

[1] Ces deux derniers vers sont mot pour mot dans le *Gros
Prieur* de Marot. Le *Margareta facetiarum*, recueil d'anas
imprimé à Strasbourg en 1508, contient au premier chapitre
une anecdote, *De indocto prælato,* où ce mot se trouve,

COLLOQUE ENTRE BOURRIEN ET SES YEULX.

Mes yeulx, qu'avez [1]*, de chassie couvers,*
Plourans, rouges, paupières de travers?
Chascun s'en rit qui en ce point me voit.

—Servy avons jusques cy à l'endroit;
Mais par Bachus avecques Malestroict [2]
Nous est charge vous servir à l'envers.

SUPPLIQUE AU ROY FAICTE EN RONDEAU.

CE roi ne peut être que Louis XI, Charles VII, au
dire des historiens, n'ayant jamais manqué de
parole à personne. L'embarras de l'expression rend la

---

mais tout autrement amené : « Magnus prælatus in alma urbe
Romæ cum interesset prandio delicatissimo et opiparo, et
solum sinapium deesset, suspirans et dolens exclamavit :
« O quanta patimus pro Ecclesia Dei ! » Alter ad latus assi-
dens et ipsius errorem castigans, dixit : « *Patimur.* » Tum
primus subinfert : « Non magni refert si *patimus* aut *pati-*
mur dixerimus; utrumque enim genitivi est casus. »

[1] *Cavez* dans le ms.

[2] *Male strictus*, hypostase d'une divinité trop souvent
invoquée dans notre ancienne littérature profane, depuis
les rimeurs de fabliaux du XIIIᵉ siècle jusqu'à Rabelais.

pièce difficile à comprendre. La plaisanterie repose sur une double répartie du roi que le poëte rétorque contre lui : « Souvenez-vous de moi.— Je m'en souviens.—Mais qu'est-ce que se souvenir sans le faire sentir?— Un chrétien croit sans voir; pour un sujet la parole du prince et la loi, c'est tout un; d'observer l'une sans vous inquiéter de l'autre, souvenez-vous.— Si fais-je; je crois en Dieu, je me souviens de tout ce qui peut plaire à mon prince, et d'autant mieux qu'il voudra bien fournir pour ma dépense, vous savez quoi. »

> *Souviengne-vous, ce dit Baude, de moy.*
> *—Bien m'en souvient, ce luy respond le roy.*
> *—Mais de quoy sert sans effect souvenir?*
> *Autant vauldroit promettre et riens tenir.*

> *—Croire sans veoir est nostre droitte foy;*
> *La parolle du prince fait la loy;*
> *L'une laisser pour l'autre retenir*
>   *Souviengne-vous.*

> *—Par quoy en Dieu entièrement je croy,*
> *Et aux princes, à qui service doy,*
> *Complaire veul de tout mon souvenir,*
> *Et plus encor qui, pour m'entretenir,*
> *Vouldroit fournir vous sçavez bien de quoy*
>   *Souviengne-vous.*

AUTRE RONDEAU

SUR LA PROMESSE FAICTE A L'AUTEUR.

Baude, à quoy pences-tu?—J'escoute.
—Et quoy?—S'il cherra quelque goutte.
—De quoy?—De la graisse de Court.
—Tu pers temps ; on la tient si court
Que l'on ne sçait où l'on la boute.

—On m'a promis.—Tu n'y vois goutte :
Promettre et tenir, somme toutte
N'est pas selon le temps qui court,
     Baude.

Tu en auras s'il en dégoutte.
—On me l'a dit.—Plus tost la goutte !
Tu t'abuses ; chacun y court ;
Le premier vault deux.—Brief et court
Je feray donc...—Quoy?—Bancqueroute
     Baude.

AUTRE RONDEAU POUR EXCUSER BAUDE

DE CE QU'IL AVAIT MAL PARLÉ DE CERTAINES RELIGIEUSES

Si j'ay parlé aucunement
Des dames de religion
De la basse condicion,
Je l'ay fait par esbattement.
Sans y pencer, soubdainement,
Ce fut par bonne intention
   Si j'ay parlé.

Car je sçay bien que loyaulment
Le font par bonne affection.
Et pour toute conclusion,
Je m'en repens présentement
   Si j'ay parlé.

AUTRE RONDEAU

POUR REPROCHER LEUR FAIT A AUCUNES DAMES DE PARIS.

J'entens bien ce que vous me dites.
Vous m'aviez promis et juré

Que plus que nul autre m'amez ;
Ce ne sont que toutes redites.
Quant vous estes sur voz boutiques[1],
Les autres de telz metz servez.
    J'entens bien.

Choses promectez non petites ;
De tenir bien vous en gardez.
S'aultruy de voz lardons lardez,
D'estre lardées n'estes pas quictes.
    J'entens bien.

BON DICT DE LA NATURE D'UNE FEMME.

Femme légière et de maulvaise affaire,
Quant plus elle est contraincte et près tenue,
Tant plus s'esforce à chose deffendue
Tost accomplir, à qui que doit desplaire.

---

[1] Cette expression, entendue dans son sens propre, pourrait porter à croire que l'auteur veut parler ici des dames qu'il a déjà blasonnées dans les *Lamentacions Bourrien.* Cependant, il est possible aussi que « être sur ses boutiques » soit une de ces locutions éphémères dont abonde le langage de chaque génération, laquelle aurait signifié quelque chose comme « faire ses parades. »

Le fier cheval contre son frain s'esforce,
Qui trop le veult de la bouche contraindre ;
Mais s'on luy lasche ses resnes sans estraindre,
Lors il s'arreste et modère sa force.

Femme doibt estre en liberté honneste
Contregardée sans trop la près tenir ;
Car qui la veult par rigueur maintenir,
Plus tost faict mal, et moins au bien s'arreste.

REGRETS EN RONDEAUX

SUR L'ÉLOIGNEMENT D'UNE DEMOISELLE ACCOMPLIE.

Le cueur la suyt et mon œil la regrette,
Mon corps la plainct, mon esperit la guette
Celle qui est des parfaictes la fleur,
Dont à jamais j'ay ordonné ung pleur
Perpétuel, en pensée secrète.

Tous en font dueil et chascun la souhaitte ;
Plusieurs en ont dure complaincte faite,
Car elle avoit gaigné de maint seigneur
Le cueur.

Fortune l'a de noz veues fortraicte,
Non sans regret de sa beaulté parfaicte;
Mais de deux biens prendre fault le meilleur
Si ne sera en obly sa valleur,
Car quelle part qu'elle aille ou qu'on la mette;
  Le cueur la suyt.

Tous les regretz qui les cueurs tormentez,
Venez au mien et en luy vous boutez
Pour abréger le surplus de ma vye,
Car j'ay perdu celle qui assouvye
Estoit en meurs et parfaictes bontez.

Venez doncques et plus rien ne doubtez,
Car mes cinq sens sont du tout aprestez
Vous recueillir. Pour tant, je vous convye,
  Tous les regretz.

Si vous supply que de moy vous ostez
Joye et plaisir, lesquelz m'avoit prestez
Pour aucun temps Fortune sans envye.
J'ay triste soing qui veult que je desvye :
Pour ce venez et vous dilligentez,
  Tous les regretz.

ÉPITAPHE DE L'ESLEU GORRIER.

ALLUSION à une infortune amoureuse. La victime, d'après le titre, serait un *élu*, un confrère du poëte; mais dans le premier couplet l'élu se change en écuyer. Gorrier n'est pas un nom propre ; c'est une épithète qui avait le double sens de « fastueux » et de « coureur de femmes. » La pièce me paraît d'ailleurs inintelligible, faute de connaître l'aventure qui en fait le fond. On la rapporte ici surtout parce qu'elle peut servir, par le moyen du style, à confirmer l'identité de notre Baude avec celui que M. Vallet de Viriville a signalé.

> *Cy gist, dessoubz un orillier,*
>
> *Le cueur, plein de duvet d'angoisse,*
>
> *Du gentil escuyer gorrier,*
>
> *Transy [1] au moyen d'un fourrier [2]*
>
> *Tainct en noir, qu'on ne le congnoisse,*
>
> *Communiquant en la parroisse,*
>
> *Au propre lieu et en la place*
>
> *Où le Gorrier faisoit sa chasse.*
>
> *Poursuivy avoit longuement*
>
> *Ung brocart [3] qui fort luy plaisoit :*

[1] Mort.

[2] Fourrageur.

[3] Un jeune cerf.

Non pas ung brocart proprement,

Car, à parler braconnament [1]*,*

Le brocart suranné estoit.

Mais tout ainsi qu'il le suyvoit

Selon les brisées [2] *d'un bois,*

Il le perdit soubz une croix [3]*.*

Pensant, regardant ses fumées [4]*,*

Errant sur l'erre de tristesse [5]

Par voyes non accoustumées,

Ung bonnet tout plein de pencées [6]

Luy bailla Regret à largesse.

Quel mal! quel despit! quel destresse!

Avoir suivy si longuement

Et perdre tout soubdainement!

Dueil survint comme ung estranger,

---

[1] C'est-à-dire, « en termes de piqueur. »

[2] En termes de chasse, ce sont les branches abattues pour marquer le passage de la bête.

[3] A un carrefour où aboutissaient plusieurs sentiers.

[4] Les fumées sont les fientes de la bête.

[5] Toutes ces expressions, qui sont empruntées au vocabulaire de la chasse, se retrouvent dans la préface de l'Éloge de Charles VII. Voyez à la fin les Documents sur Henri Baude.

[6] De soucis.

Qui print le corps descoulouré
Et le mit ès mains de Danger ;
Plaisir ne l'osa revenger,
Tant eust-il son fait coulouré :
Dont le Gorrier a tant plouré
Qu'il en mourra. C'est pour le mieulx.
Priez pour luy, vraiz amoureux.

LE DÉBAT DU CHEVAL ET DU BEUF.

LE CHEVAL.

Où vas-tu, beuf, beste lourde et pesante ?
Qui t'a cy fait venir querant pasture ?
Point n'appartient à ta grosse nature
Estre avec moy ; trop-suis beste plaisante.

LE BEUF.

Sire cheval, de riens je ne me vante,
Mais tant vous diz que toute créature
Utile suis, pour faict de nourriture
Et de labeur ; tous ne vivent de rente.

LE CHEVAL.

Roys et seigneurs, et chascun qui régente,
Sans moy ne peult porter faiz ny armeure.

Tant en armes comme en agriculture
Par moy est faicte mainte chose excellente.

LE BEUF.

De ma chair vit maint homme et s'allimente,
Et de mon cuyr on fait bonne chausseure;
Mon poil te sert à faire l'embourreure
De tes selles, la chose est évidente.

LE CHEVAL.

A humain corps suis beste condécente;
Mon service trop plus que le tien dure;
Tenu suis nect, et tu gis en ordure;
Chascun de moy s'esjouyst et contente.

LE BEUF.

En mon labeur fault que j'endure et sente
De l'éguillon mainte forte picqueure;
Mais aussi bien seuffre-tu la poincture
De l'esperon, qui souvent te tormente.

L'ACTEUR.

J'ouy l'autrier ceste question gente
De deux bestes de diverse figure.
Icy l'ay mis en petite escripture.
Jugez qui a raison plus apparente.

RONDEAU DU BON LYMIER.

LE poëte enseigne quelle doit être la fidélité du sujet envers son souverain.

> *Le bon lymier qui est sur erre,*
> *Combien que chascun des chiens erre,*
> *Jamais ne varie ne change.*
> *Pour marche ne fumée estrange,*
> *Ne laisse l'un pour l'autre querre.*
>
> *Le prince donq qui a grant terre* [1],
> *Pour vertu et honneur acquerre*
> *Doibt suyvir, sans querir estrange,*
>   *Le bon lymier.*
>
> *Pour chose qu'en* [2] *luy puist requere*
> *Ne doibt varier, mais enquerre*
> *Sans cesser (et à ce se range*
> *La vérité), et sans lozenge* [3]
> *Ressembler en paix et en guerre*
>   *Le bon lymier.*

---

[1] Ce membre est le régime de la phrase.

[2] Ou *qu'on :* il y a *que* dans le ms.

[3] Perfidie.

LES DÉCEVANCES DE BAUDE [1].

Querant vertu je fus ou fief Saint-Pierre [2],

Es hoirs Nembroth [3] honneur et gloire en terre,

Es Mercures [4] droit et fidélité,

Es Saturnes [5] loyalle vérité,

Sens et sçavoir au mont de Lyconie [6],

Soubz Pégasus, vraye philosophie,

Aux Césares d'équité jugement,

En Ypocras [7] curer dilligemment,

Bons champions sous les esles de Mars,

Et charité aux banquetz des Lombars,

---

[1] Il y a dans le ms. *Les dix visions Baude;* mais par erreur. Outre que ce titre n'est pas justifié par le contenu de la pièce, il appartient à un autre morceau qu'on trouvera ci-après.

[2] Voici une autre correction un peu forte, mais indispensable. Le ms. donne *querant vertu sur la première,* qui n'est pas dans le mètre, et qui n'offre aucun sens. Le second couplet, où l'on revient par antithèse sur tous les traits du premier, indique qu'il faut ici une périphrase pour désigner l'*Église.*

[3] Les seigneurs.

[4] Les marchands.

[5] Les laboureurs.

[6] Il faudrait plutôt d'*Héliconie,* pour Hélicon.

[7] Hippocrate.

Avec Bachus honeste chasteté,

En publicans amour et charité ;

Mais j'y trouvé cz estatz dessusdis

Tout le rebours, pour avoir paradis.

Je n'ai trouvé en l'Église que vices

Et aux nobles orgueil, fierté, délices ;

Aux laboureurs faulse condicion.

Et aux marchans toute déception ;

Peu de riches voulans estudier,

Estudians pour plus multiplier ;

A noz princes pour tous droiz voulenté,

Es médecins non cure de santé [1],

Aux champions leurs harnoiz en paniers

Et aux Lombars usures de deniers ;

Banquetz, bachins ou Vénus est servye ;

En publicans larrecins, pillerye.

Bref tous estatz sont, là où j'ay esté,

Ambicieux, confuz en vanité.

---

[1] Le texte porte : « Les médecins n'ont cure de santé, » ce qui détruit la symétrie de la période.

DICT MORAL EN RONDEAU.

A l'estourdy, sans y veoir goutte,
On fait souvent mainte follye ;
On va, on vient, on se marie,
Et ne sçait-on où l'on se boutte.

On tire l'un, et l'autre on boutte,
On menasse et après on prye
A l'estourdy.

On parle assez, mais on n'escoutte,
Si ce n'est quelque menterie.
On dispose et puis on varie,
On mesdit de tous, somme toute,
A l'estourdy.

LE DICT DES POURQUOY.

Pourquoy ne pèse-l-on les pas
Et les parolles inconstantes,
Venerins banquetz sans compas,
Les mulletz qui vont pas à pas
Et les gravitez non prudentes,

Les sottes mynes ignorantes,
Les cervelles des gens testuz,
Aussi bien qu'on fait les escuz ?

Pourquoy ne prise-l-on les saiges
Qui sçavent taire et bien parler,
Les justes humbles sans oultraiges,
Modérez en faictz et langaiges,
Qui ne sèment rumeurs par l'er
Et ne désirent riens qu'aller
Le droit chemin à tous propoz,
Aussi bien qu'on prise les sotz ? [1]

Pourquoy ne sont favorisez
Les loyaulx et vaillans preudhommes,
Et que ne sont auctorisez
Les sachans (qui sont mesprisez)
Et pourveuz selon leurs personnes,
Qui n'ont opinions que bonnes
Et dont les façons sont honnestes,
Aussi bien qu'un grant tas de bestes ?

Pourquoy ne porte-l-on honneur
A ung homme de bon courage,
Qui vault et sçait sans deshonneur,

---

[1] *Folz* dans le ms.

Et qu'on ne luy donne faveur
Selon que vault le personnage ?
Que ne luy fait-on advantaige
Publiquement ou à l'esquart
Aussi bien comme à ung coquart ?

A UNG HOMME YVRE.

Recette contre l'ivresse en façon d'un logogriphe dont le mot, qui est *eau*, est indiqué par la place respective de ses lettres dans l'alphabet.

Pour en guérir, prenez la quinte,
La vingtiesme après la première :
De guérir trouverez manière
Si vous en beuvez une pinte.

A GENS VOLUPTUEUX
ET SUYVANS LEURS PLAISIRS.

Petite pièce ou dit en vers à rimes équivoques.

Courages Sardanopalins,
Qui de regard n'estes pas lins [1]

---

[1] C'est-à-dire, *linx*.

Confitz en muliebrinage,
Vostre sens muliebrin nage,
Filans humblement non pas lins [1].

COMPARAISON DE FORTUNE.

Tirée de la façon dont les calculs se faisaient sur l'abaque, en mettant des jetons sur des colonnes disposées l'une à côté de l'autre pour représenter les diverses espèces d'unités.

Je compare Fortune à ung marchant
Qui d'un gectouer [2] *fait ung, et d'ung cent mille.*
Fortune aussi faict d'un sot ung habille ;
D'un puissant homme elle faict ung meschant [3].

CONTRE LES BOURGUIGNONS.

Aussi contraire qu'un oygnon
Est à faire bon ypocras,
Feu de charbon entre blancs draps
Est au François le Bourguignon.

---

[1] Filant tout autre chose que du lin.
[2] Jeton.
[3] Un homme de rien.

L'ANNÉE

DU TRAICTÉ DE FRANCE ET D'ANGLETERRE

EN PRENANT LES LETTRES QUI SIGNIFIENT NOMBRE.

CHRONOGRAMME comme il s'en faisait sur tous les grands événements au quinzième siècle. Celui-ci a trait à la paix ou, pour mieux dire, à la trève de Picquigny, qui fut conclue entre Louis XI et Edouard IV, le 29 août 1475.

Prenez ung grain bien commun en Sauloygne [1],
Quatre lectres commençans Catheloygne [2],
D'une perdrix prenez l'elle [3] *sans plus,*
Et deux membres aux quinze-vingts forclus [4] *:*
Vous sçaurez quant fut par mer et par terre
Traicté de paix de France et d'Angleterre.

---

[1] Millet ou mil.

[2] C'est-à-dire cccc.

[3] C'est-à-dire L.

[4] Cela revient à xv, car quinze-vingts se marquait en chiffres xv^{xx}.

REQUESTE DE BAUDE

BAILLÉE A LA COURT DE PARLEMENT
EN POURSUIVANT SON PROCÈS.

Tant a cropy mon sac en Parlement
Qu'il a couvé ung grant tas d'incidens,
Et eust couvé encor plus largement ;
Mais droit y mit ung peu d'empeschement.
A mes despens chascun jour résident,
Chasser les veulx ; mais sans les présidens,
Chascun m'a dit qu'ilz n'en vuyderont point.
Priez-les en, quant vous verrez le point.

AUTRE REQUESTE.

Encor ung cop, en la chambre sur Seine[1].
Vous plaise aller Baude ramentevoir
Tant que l'en puist de luy mémoire avoir,
Car dix ans a qu'il est en ceste peine.

---

[1] Nom donné à la chambre des requêtes du Parlement
dont les fenêtres donnaient sur la rivière.

DOLÉANCE TOUCHANT LE PROCÈS.

Jeu dialogué sur les versets 3 et 4 du psaume 142.

Collocavit, *dit mon sac à mon cueur.*
*Mon cueur dit : Qui?—*Me, *ainsy luy respont*
*Le sac.—Et où?—*In obscuris *: malheur*
M'y mit.—A quoy?— Jusques au plus parfont.
*—En quel façon?—*Sicut mortuos *sont.*
*—D'où?—*Sæculi, *dont* anxiatus est
Super me,*—Qui?—*Spiritus *qui morfont.*
*—Lequel? —*Meus; in me *sans pencer n'est.*
Tousjours géniir sans lijesse me sont.
—Comment?— Ainsi : turbatum sans arrest
Est cor meum, *dont me sue le front.*

AUTRE DOLÉANCE.

Mon juge fait de l'entendu ;
Mon advocat au bras tendu,
Et mon procureur négligent
Demandent sans cesser argent,
Quant j'ay tout le mien despendu.

Mon procès est au sac tendu,
Lequel je tiens plus que perdu.
Riens n'y vault estre dilligent,
  Mon juge.

Je me suis à eulx actendu.
L'un dit qu'il m'a bien deffendu,
L'aultre se plainct du payement;
Mais je prye à Dieu, qui ne ment,
Que par le col soit-il pendu
  Mon juge.

AUTRE DOLÉANCE.

Tant de procès et d'autres choses
Sont ès chambres Madame [1] *encloses*
Qu'on en laissera la moitié.
Si elle n'a de moy pitié,
Actendre me fauldra les roses.

---

[1] C'est-à-dire la Justice.

AUTRE DOLÉANCE.

En façon d'un logogriphe dont le mot est Paris.

J'ay, en poursuyvant, dégasté

Tous mes biens (dont suis apovriz)

Dedans la teste d'un pasté

Et la queue d'une souriz.

TOUCHANT LA PAIX,

UN POURPENSER SINGULIER.

Pièce de circonstance, vraisemblablement à l'occasion de la paix d'Arras, en 1482. On voit par le dernier couplet qu'elle dut être affichée ou lue au palais de justice.

J'ay veu, en dormant l'œil ouvert,

Une perle, soubz mon chef mise

Dans ung moyen pot descouvert

Et nouvellement tainct en vert,

Que chascun si desire et prise,

De toute nation requise ;

Et estoit escript sur le pot

En quatre lectres ung seul mot.

La quinziesme [1] *fut la première,*
La première [2] *au second rang mys,*
La neufviesme [3] *au tiers plus legière,*
Pour la quatriesme, la dernière
Laquelle fait en nombre dix [4].
Si pry à Dieu qu'en paradis
Soyent les ames colloquées
Qui ont ces lectres assemblées.

C'est ung trésor confortatif
Envelopé de doulx repoz,
Ung don de Dieu caritatif,
Ung remède consolatif
Contre gens de maulvaiz propoz,
Le soulaigement des suppostz,
La félicité des humains
Et la gloire des souverains.

C'est la vipère des pervers,
Le deschassement des pillars,
Le frain et bride des divers [5]

---

[1] Sous-entendu *de l'alphabet.* L'auteur veut donc désigner la lettre *p*.

[2] C'est-à-dire *a*.

[3] C'est-à-dire *i*.

[4] C'est-à-dire *x*.

[5] Des insubordonnés.

Qui veullent aller de travers,
La destruction des paillars,
Le silence des babillars,
La confusion des vanteurs,
La correction des manteurs.

Qu'en dites-vous, lasches courages,
Sans-vertuz, sardanapalez,
Qui cuidez par voz grans oultrages
Acquerir loz et vasselaiges,
Sans honneur, tous effeminez ?
Vous perdez temps et vous mynez :
L'honneur demeure aux trespassez
Et à vous, si vous l'amassez.

A nostre perle retournons
Que devons aymer et chérir,
Et pensons que nous en ferons
Et comment nous la garderons
Saine et entière, sans périr.
On dit que pour l'entretenir
En ce Palais, pour sa nourrice,
Luy fault (ou la perdrons) justice.

RONDEAU DE L'ESTAT DE ROME.

Allusion à l'envahissement de l'autorité par les gens de finance, à l'inertie des administrateurs locaux et à la corruption des cours souveraines.

Quant les questeurs dignitez postulèrent,

Lors que tribuns de postuler cessèrent

Et le sénat à son propre tendi,

Je pençay bien la fin, dont rien ne di ;

Mais oncques puis Romains ne prospérèrent.

—Qui sont questeurs?—Qui trésors assemblèrent.

—Qui sont tribuns?—Qui le public gardèrent.

—Et le sénat?—Qui le droit deffendi,

Quant les questeurs dignitez postulèrent.

—Pourquoy questeurs?—Car ilz repétundèrent.

—Pourquoy tribuns?—Car les plus grans doubtèrent.

—Et le sénat?—Au profit entendi.

Jugurthe bien raison leur en rendi [1] *;*

Car leur proufit singulier trop aymèrent,

Quant les questeurs dignitez postulèrent.

---

[1] L'auteur veut rappeler ici le fameux mot que Salluste prête à Jugurtha : *Urbem venalem et mature perituram, si emtorem invenerit.*

POUR MAISTRE OLIVIER,

BARBIER DU ROY LOYS.

Epigramme sur le supplice du fameux Olivier le Daim, qui fut pendu en 1484.

> *Le dain fut au collet tendu,*
>
> *En vert may, par le col pendu.*

AULTRE DICT.

A propos de l'état des esprits au moment où fut débattue la question de la régence de Charles VIII.

> *Broulis avec oultrecuydance,*
>
> *Oultrecuydance avec broulis,*
>
> *Sont drogues à faire un coulis*
>
> *Pour mettre désarroy en France.*

RONDEAU

SUR INITIUM SAPIENTIÆ TIMOR DOMINI.

Cette pièce paraît avoir été faite pour Charles VIII, dans les premiers moments de son règne.

> *Le commancement de prudence*
>
> *Est craindre Dieu, en espérance*

D'acquérir la vie éternelle.

C'est la loy, c'est nostre querelle

Où ne fault faire différance [1].

Et quelque chose qu'on commence,

Car tout se fait en sa présence,

Considérez, la chose est telle,

　Le commancement.

Or publiquement on l'offense

Blasphemant son nom, sa puissance,

Et sa doulce mère pucelle.

Prince, corrigez tel sequelle,

Mettant en vostre souvenance

　Le commancement.

PRAGMATIQUE ENTRE GENS DE COURT

ET LA SALLE DU PALAIS.

1485.

SCÈNE destinée à la représentation et jouée sans doute sur la Table de marbre, ainsi que la moralité dont il est question dans les épîtres qui suivent.

---

[1] Délai, retard.

LA COURT.

On a des ordonnances faictes
Et des anciennes extraictes
Bien correctes et regardées.

LE PALAIS.

A quelque fin ont esté faictes.
Les vieilles sont assez parfaictes,
Mais qu'elles fussent bien gardées.

LA COURT.

On a rayé les pensions
Pour oster les exactions
Dont le peuple estoit tant chargé.

LE PALAIS.

Quelz doulces persuasions !
Que vallent telz invencions,
Quant il n'en est point deschargé ?

LA COURT.

Les monnoyes on descryera ;
Par ce moyen on bannyra
Les faulx monnoyers et mengeurs.

LE PALAIS.

C'est trop souvent, on s'en ryra.
Par ainsi tout se conduira,
A la voulenté des changeurs.

LA COURT.

Office plus ne se vendra.
Bénéfice nul n'obtiendra,
S'il n'est saige clerc et saichant.

LE PALAIS.

Quant faveur la main y tiendra,
A traffiquer on entendra,
Au moins qui trouvera marchant.

LA COURT.

Nous avons paix, sans coup férir,
Peult-on rien meilleur requerir?
Car paix tient chascun en franchise.

LE PALAIS.

On peult assez paix requerir
Et promettre de la tenir ;
Mais au garder est la maistrise.

LA COURT.

Les saiges seront à repoz;
Lors asageastriront les folz,
Quant on leur touldra leur trippot.

LE PALAIS.

C'est pour venir à mon propoz :
Sans entrer on va les yeulx cloz,
Ce me semble, à l'entour du pot.

LA COURT.

Gens d'Église Dieu prieront,
Les nobles thésauriseront
Les brebis seures en leurs parcs.

LE PALAIS.

Les gens d'église gaudiront
Et les nobles emprunteront
A belle usure des Lombars.

LA COURT.

On abbatra ces grans estatz.
Tous procès seront mis au baz :
N'a pas longtemps qu'on en parla.

LE PALAIS.

Adieu gorriers et advocatz !
Mais de quoy servent ces fatraz ?
Car le lièvre ne gist pas là.

LA COURT.

Puis ordre aux clercs des trésoriers
Sera mis, farciz de deniers,
Et à ung tas d'abbuz champestres.

LE PALAIS.

A ! Nostre-Dame, quelz ouvriers !
Ilz parlent bien des manouvriers,
Mais ilz ne dient riens des maistres.

LA COURT.

On a osté la pillerie,
Mesmement en l'artillerie,
Et tant de gens d'armes cassez.

LE PALAIS.

Il y a partout mengerie ;
Mieulx eust vallu, sans crycrie,
Casser le lieu des trespassez.

LA COURT.

L'Eglise sera reformée
De vye quasi difformée
Par ses suppostz entièrement.

LE PALAIS.

Soit la chose bien calculée,
Et, sans faire si grant levée,
Reformons nous premièrement.

LA COURT.

Palais, Palais, tu te reposes
Et tousjours contremoy proposes
Par grant despit quelque malice.

LE PALAIS.

Venons au point, laissons ces choses ;
En nostre faict n'a que trois choses :
Guerre, finances et justice.

LA COURT.

A tous abbuz en pourverra,
Comme le cas le requerra,
Afin que bien vous l'entendez.

LE PALAIS.

C'est très-bien dit, or il perra.
En ce faisant, chascun verra
A quelle fin vous prétendez.

LA COURT.

Le souverain en équité
Mettra partout tranquilité ;
Car vouloir en a et puissance.

LE PALAIS.

On luy dira la vérité,
Faire n'y fault difficulté,
Je le prens sur ma conscience!

L'ACTEUR.

Des gelines de ce village
Me souvient, qui ont telz usaiges,
Quant l'une chante, l'autre pont :
Comme de ces deux personnaiges ;
Tous leurs faictz ne sont que langaiges :
Quant l'un parle, l'autre respont.

LECTRES DE BAUDE

ENVOYÉES A MⱯʳ DE BOURBON, CONNESTABLE DE FRANCE.

BAUDE se recommande au prince, avec lequel il n'a pas encore eu de rapport, quoiqu'il soit né son sujet. Il entame l'éloge du Bourbonnais et décrit les productions ainsi que la prospérité de cette province, avant d'arriver à l'objet de sa supplique, qui est d'obtenir sa délivrance de prison. Cette pièce se rapporte à l'an 1486. C'est celle dont M. Batissier a pris quelques vers qu'il a imprimés dans son appendice à l'Ancien Bourbonnais de M. Ach. Allier.

> *Baude, très-puissant et très-hault*
> *Et mon très-redoubté seigneur,*
> *S'esbaudit, car le faict le vault*
> *Et le repute à grant honneur,*
> *D'estre né, prince de valeur,*
> *De vostre pays tant courtois,*
> *Au fin cueur, qui est le meilleur*
> *Et le chef de tqut Bourbonnois* [1].
>
> *Deux raisons y a principalles*
> *Qui le meuvent ad ce vouloir :*

---

[1] C'est Moulins qu'il entend par cette périphrase.

L'une, les grans vertuz réalles
De vous, avec le grant vouloir ,
Que vous estes descendu hoir
D'une tant excellent maison,
Que l'on ne sçauroit concevoir
Au contraire aucune raison.

Tant benins voz prédécesseurs
Ont esté (et vous en tenez)
Que chascun de vos serviteurs
A tousjours vous entretenez,
Et quant sont vieilz, vous les tenez,
Après que de servir sont las,
Bien peuz et très-bien assignez.
Près Moulins, à Sainct-Nicolas.

Servy vous eust très-voulentiers
Piéça de toute sa puissance ;
Mais trouver n'a sceu les sentiers,
Qu'ayez eu de luy congnoissance ;
Doubtant, pour ce qu'il n'a science
Où vous doyez prendre achoison,
Qu'on apperceust son ignorance.
Véez là la première raison.

---

1 Ou plutôt *valoir*.

Le pays, quant au second point,
Est le plus plaisant que je voye :
Villes et chasteaulx bien empoinct,
Où l'on demène tousjours joye ;
La belle forest de Tronsoye [1],
Bon aer, peuple doulx et humain.
S'il y a faulte de monnoye,
N'en forge-on pas à Sainct-Pourçain !

Il est garny d'estangs, de bois,
Vins, bleds, chair, poisson à planté,
Une grant pièce de la croix [2],
Plus qu'en toute chrestienté ;
Les beaulx bains chaulx pour la santé [3],
Saffran et fruict de toutes sortes.
Qui d'espices a voulenté
En voist quérir à Aigues-Mortes.

Des espées de Montluçon,
Armeuriers, nobles de courage,
Ouvriers de chascune façon,

---

[1] Aujourd'hui de *Tronsaye*, dans le département de l'Allier.

[2] Relique conservée à Bourbon l'Archambault, dans la sainte Chapelle.

[3] Vichy, Bourbon, Néris.

De tous mestiers le personnage.

On y trouve de bon fromage,

Cuyrs de vaches et de cordouen,

Des draps pour le commun usage,

Mais ils sont meilleurs à Rouen.

Plus y a; quiconque entreprent

Tant de parolle que de faict,

Contre l'ostel, mal luy en prent,

Et à la fin en est deffaict.

On en a bien veu qui l'ont faict,

A qui il n'en eut pas bien pris [1].

L'entreprinse ore leur desplait ;

Plus n'y tourneront pour le pris.

Pas n'a tort s'il se gloriffie

D'estre extraict d'une tel contrée,

Soubz si très-haulte seigneurie

Tant bénigne et tant exaulcée.

En suppliant, s'il vous agrée,

De regarder ce peu de chose,

Et le mettre en vostre pencée,

Qu'il vous envoye cy enclose.

---

[1] Allusion à la condamnation récente de Jean Doyat, qui avait été érigé par Louis XI en antagoniste de l'hôtel ou de la maison de Bourbon.

Il est vostre, comme je suis,
Serviteur, sans affinité,
Sinon peult estre entre deux huys
En quelque obscure extrémité.
Là soubz le Benedicite
Avez souvent, sans fiction,
En éminent nécessité
Prins repas de conjonction.

D'aller devers vous seroit prest
Pour vous soliciter son faict ;
Mais il a trois mois à l'arrest
Pour bien [1]*, sans riens avoir mesfaict.*
Eslargy sera, s'il vous plaist,
Lorsque vostre voix sonnera,
Et récompencé du forfaict ;
Adonc Baude buyssonnera.

Priant la saincte Trinité
Qu'elle vous doint vostre désir,
Honneur, bonne prospérité ;
Santé, toujours avoir plaisir,
Madame à Montluçon gesir

---

[1] Faute du texte. On peut supposer *pourry.*

D'un beau filz qui vous est propice,
Et paradis après mourir
En desmariant son office.

Escript le premier des dimanches
Ou moys où vendanges se font [1].
L'an qu'on portoit les larges manches,
A Paris, près du Petit-Pont [2],
Où maintz espèrent [3] *qu'ilz auront*
Par vostre moyen délivrance
Des griefz qu'à tort enduré ont.
Dieu vous en octroyt la puissance !

AULTRES LECTRES DE BAUDE

AUDIT SEIGNEUR DE BOURBON.

L'AUTEUR expose le motif qui l'avait fait mettre au Châtelet, ainsi que les démarches qui ont été faites en sa faveur ; mais ses persécuteurs ne font

---

[1] En octobre, dont un dimanche fut le premier jour en 1486.

[2] Le petit Châtelet était au bout du Petit-Pont.

[3] Baude et les clercs de la Basoche incarcérés avec lui.

que le presser davantage. C'est pourquoi il s'adresse
au prince qui a la mission de faire respecter les lois.

Baude se plainct, prince puissant,
Très-hault et redoubté seigneur,
A vous, comme des fleurs yssant' [1]
Et principal conservateur,
Qui main forte avez et faveur
Pour exécuter par police
Ce que sera dict par justice.

Or est ainsi que, pour louer
Le roy et sa proximité,
Il a fait qu'on a fait jouer
Une briefve moralité,
En laquelle on a récité
Que droict est souvent interdit
A maint, par malle voulenté,
Avecques singulier proufit.

Et tout ainsi qu'erbes, racines,
Roche, pierre, boue et gravois,
La course des fontaines vives
Empeschent bien souventes fois :

---

[1] Issu des fleurs de lis.

Ainsi font de faict et de voix
Tous ceulx qui, en particulier,
Sans droit, sans raison et sans loix,
Ayment leur proufit singulier.

Le droit cours de justice empeschent,
Et par leur ornée pratique,
Enmy l'eaue qu'ilz troublent, peschent
A la foulle du bien publique.
Maulx en viennent, guerre s'applique,
Mauvais rappors, guerres, contends.
Mais aucuns (ne sçay qui les pique)
N'en ont pas esté bien contens.

Les ungs se veullent appliquer
A herbes, autres à gravois ;
Et dient que pour les moquer,
On a ce fait. Riens n'y congnois,
Sauf leur honneur. Mais toutesfois
Baude n'a tant sceu buissonner
N'alléguer coustumes ne droiz,
Qu'on ne l'ait fait emprisonner.

Qui estoupe plus ung conduict
Qu'erbes, pierres et immondices,

Il vault pis que celluy qu'est duict
Faire pour argent injustices.
Il n'a rien blasmé que les vices;
Aussi ne luy conseilleroye.
Chascun pourra veoir leurs malices,
Par le double qu'il vous envoye.

Baude, après brisement de portes,
En effect à mynuict fut pris
(Qui estoient dures et fortes)
Et au Petit Chastellet mys.
Parlement qui avoit permis
Jouer ce que a esté faict,
Au pourchaz de ceulx de Paris,
L'en feirent mectre hors par effect.

Or Paris, doubtant le transport,
S'opposa; pour la vyolance,
S'ajoigny, s'il a droit ou tort.
La Court retint la congnoissance.
Car nonobstant[1], par arrogance,
Veullent qu'il soit précipité;
S'il[2] ny sçait mectre résistance,
Actendu leur auctorité.

---

[1] Corrigez *ce non obstant.*
[2] Ou plutôt *Si.*

Par le cryminel lieutenant,
Fut plusieurs fois interrogué,
Lequel l'alla fort enquerant
S'aucun grant (ou son subrogué)
Prince l'avoit épilogué
Pour plus donner à aucun charge ;
Et s'il le disoit de bon gré,
Il serviroit à sa descharge.

Quelz ilz sont, je ne les congnois ;
Et me traicte l'on povrement
Pour ce que je suis du Bourbonnois.
Garny de povre entendement ;
Mais j'ay ouy dire souvent
Par le rapport de maintes gens,
Que c'est le propre fondement
De la secte des maistres gens [1].

Vous et la court de Parlement
Estes gardes et protecteurs
De ce royaume entièrement.
La Court sont pronunciateurs,
Ainsi que les cent sénateurs,

---

[1] Ou plutôt *Maistres-Jehans.* C'était un mot très-employé sous Louis XI comme équivalent d'intrigant.

Et vous devez estre Pompée
Pour contraindre les transgresseurs :
Et pour ce portez vous l'espée.

BALLADE EN DIALOGUE

SUR LE MAUVAIS COMPORTEMENT DE LA COURT.

J'allasse en court, se j'eusse de l'argent.
—A quoy faire ?—Pour avoir ung office.
—Les y vent-on ?—Ouy, très-chèrement.
—Pourquoy est-ce ?—Par faulte de police.
—Je m'en plaindroie.—Et à qui ?—A justice.
—Justice dort, encor n'est esveillée.
—Dont procède ?—Le quoy ?—Ceste malice.
—De nostre court qui est mal conseillée.

Qui gouverne ?—Le seul consentement.
—Qui a bruyt ?—Damoiselle avarice.
—Qui a ce fait ?—Ruzé entendement.
—Mais à quel fin ?—Pour avoir sacrifice.
—Où est raison ?—Avec l'Appocalipse.
—Et vérité ?—Elle est toute enrouée,
—Dont, etc.

Durera-il?—Non, pas trop longuement.
—Pour quoy?—Pour ce : c'est mauvais édifice.
—N'est-il tout neuf?—Sur mauvais fondement,
Il ploye au vent par mauvais artifice.
—Et où est paix?—Elle quiert sa nourrice.
—Tout va donc mal?—Trop pis que l'autre année.
—Dont procède, etc.

Prince, qu'as-tu? Doulx comme régalice
Sera de maintz ceste drogue avallée.
Dont procède, etc.

BALLADE D'UN GORRIER BRAGART.

SATIRE contre une classe d'hommes, nombreux surtout dans les armées, et que leur conduite déréglée,
leur turbulence, leur luxe mêlé d'indigence rendaient
ridicules autant qu'incommodes. On a déjà expliqué
le sens de gorrier (voy. page 42); bragart est probablement dérivé du mot *braies,* et désigne les fauteurs
de la mode du débraillé qui commença à la fin du
xve siècle par la singulière façon des chausses. *Bra-*
gars de court, dit Jean Bouchet, en parlant des
muguets de son temps ; et à propos de cette même
race dont va se moquer Baude :

Puis ces bragars, quant ilz en sont au bout

Et que constrainctz ilz sont de vendre tout,
Mauldisent roy, son service et maison.

De noir veloux fut la robe empruntée
D'un mien mignon, fourrée pour le chault;
Une chesne de leton surdorée,
En my juillet, sur ung petit courtault [1],
Souliers camuz, boufiz comme ung crapault,
Large bonnet avoit à suffisance;
La chemise par le collet luy sault [2].
Chascun s'en rit et il y prent plaisance.

Ung grant laquais lui portoit son espée
(Dont la moitié du fourreau luy desfault),
D'une robe revestu deschirée,
Comme s'il vinst freschement d'un assault.
Faulte d'argent, à tous propoz lui fault
D'en brief ravoir à tous jours espérance,
En contemplant le passe-temps Mychault.
Chascun s'en rit et il y prent plaisance.

« J'ay, » ce dit-il, « despendu en l'armée,
Tout mon vaillant, dont pas n'ay esté cault;

---

[1] Cheval à qui on a coupé la queue et les oreilles.
[2] Ces traits indiquent la mode du temps de Charles VIII.

Mais encor ay une terre engaigée
A réméré, pour plus qu'elle ne vault;
J'en pers les fruitz, mais de ce ne me chault,
Car je prendray d'amour telle alliance
Que l'on verra que je volleray hault. »
Chascun s'en rit et il y prent pluisance.

Prince, plusieurs désirent en sursault
Par telz moyens acquérir grant chevance;
Mais en montant si l'un des piedz leur fault,
Chascun s'en rit et il y prent plaisance.

D'UNE PROMESSE FAITE A BAUDE

PAR MONSEIGNEUR LE DUC DE BOURBON.

On m'a donné une promesse,
Non pas donnée proprement
Par effect, mais par voix expresse,
Autant que cueur plain de noblesse
En pourrait donner verbalment.
Mais il y a jà longuement
Que j'actens, et si ne vient rien :
De quoy Baude s'esbahit bien.

Je me saisy (qui fut le bon),
Quand la voix me fut proférée,
De la saincture de Bourbon,
Pour mieux califfier le don;
Mais elle n'estoit pas ferrée [1].
Dedans mon seing l'ay enserrée,
Tant que la promesse on verra.
Baude respond; or y perra.

Priant à Dieu pourtant des cieulx,
Qu'au promettant donne santé,
Paix en régnant de bien en mieulx,
Bien vivre prospérant, joyeux,
Tousjours de bien entallenté,
Et de s'acquicter voulenté
De la promesse dessusdicte,
Pour demeurer vers Baude quicte.

---

[1] C'est-à-dire qu'il n'y avait après ni boucle, ni agrafe.

BULLES DU CARDINAL DE GUERRANDE,
FOL DU ROY, QUI FUT A MONSEIGNEUR DE BOURBON.

PLAISANTERIE dont le sel consiste à avoir assujeti aux formules de la chancellerie apostolique un brevet de goinfrerie et de fainéantise, décerné au fou de Charles-VIII. Ce fou s'appelait Noël et était natif de Guérande. J'ignore quel est le Cadier au nom de qui est délivrée la bulle.

> *Cadier, serf des serviteurs Bacchus,*
> *Episcopus, ainsi que chascun sçait :*
> *Comme ainsi soit que tous les convaincus*
> *(De quelque habit qu'on les trouve vestus)*
> *De foi legière et de sens indiscret,*
> *Mais qu'ilz sçaichent bien entendre au buffet,*
> *Estre pourveuz, pour leur grant léaulté,*
> *Doibvent soubz la nostre papalité ;*
>
> *Or est ainsi qu'on nous a informé,*
> *Sans sens rassis par vraye expérience,*
> *D'un nostre filz que la lune a formé,*
> *Que s'il avoit un bonnet enformé*
> *A oreilles, on verroit sa science*
> *(Propoz soubdain a-il, en conscience),*
> *Digne d'avoir une dignité grande,*
> *Nommé Noël, du pays de Guerrande ;*

Bien confians de l'inlictérature,
Engin cornu, cornue voulenté,
Vouloir trop prompt, sans avoir soing ne cure
Contre raison de sa propre nature,
Riz sans propoz, propoz entallenté,
Tallent, vouloir sans estre contenté,
Content tousjours de dormir à toute heure,
Posé travail, qui sans cesser labeure :

A toy, Noël, pour les biens que tu vaulx,
Dont de plusieurs avons esté requis,
Par le conseil de tous les cardinaulx,
Nous, cardinal à cinquante chevaulx
T'avons créé, quant en fusmes enquis.
Par quoy t'avons dilligemment requis
Dans les boyaulx de tout nostre chappitre,
Où tu auras siége, chappeau et mittre,

Pour en jouyr dès ores en avant,
Aux droiz gaiges de cardinallité :
La nuict veiller ou dormir sur ung banc
Et, au réveil, ne trouver pas ung blanc
En ta bourse, par grant humilité;
Et pour pourvoir à la nécessité,
Tu t'en iras bien souvent, sans lanterne,
Te colloquer au fons d'une taverne.

Ce fut donné en nostre consistoire,

Près du Temple où nostre estat tenons,

Après grâces, ainsi qu'on part de boire,

Publiquement et de fresche mémoire,

Où bien souvent après disner dormons,

En la saison qu'au réveiller buvons,

Sans varier de vouloir et de faict,

De gràtia, pour ce qu'ainsi nous plaict.

AUX PRINCES.

Quatrain à l'adresse du duc d'Orléans et autres factieux qui troublèrent le royaume après la mort de Louis XI.

Accordez-vous, voyez au temps passé,

Partez en paix, seigneurs, vostre substance,

Et regardez quelz maulx a souffert France

Pour ung seul pot qui jadis fut cassé [1].

---

[1] Allusion à l'assassinat du frère de Charles VI.

DICT CONTRE LES BRETONS.

Logogriphe dont le mot est envie.

Par la somme des douze mois
Et le contraire de la mort
Peut-on voir qui a mis discort
Entre les Bretons et François.

SUR LA GUERRE DES PRINCES.

Autre logogriphe dont le mot est vindication

Prenez du serment [1] *la substance,*
Le nombre des commandemens,
Le chef latin des mandemens [2]*,*
De Jherusalem la deffence [3] *:*
Vous verrez qui tient guerre en France.

---

[1] *Serment* pour *sarment*.

[2] C'est-à-dire ce par quoi commençaient les mandements royaux rédigés en latin. C'était un K, initiale de *Karolus*.

[3] La citadelle de Sion.

LES DIX VISIONS BAUDE.

REVUE allégorique d'une succession d'événements si
bien dissimulés sous le voile qui les couvre, qu'il
est impossible de les reconnaître. La sixième strophe
semble avoir trait aux derniers épisodes de la guerre
des deux Roses en Angleterre. Quant à la huitième, où
l'on reconnaît très-bien la personnification de l'Au-
triche, de la Lorraine et de l'Angleterre, elle a trait
vraisemblablement à quelqu'une des coalitions for-
mées contre la France pendant la minorité de
Charles VIII. Le plus clair de tout cela est que l'auteur
déclare avoir vieilli au spectacle de ces événements.

> *N'a pas long temps, en esperit*
> *Vy, en dormant, dix visions [1],*
> *Visibles ou illusions,*
> *Lesquelles je mis en escript.*
>
> *Premier je vy ung tas de bestes*
> *En pasturant furtyvement ;*
> *Après congneu soubdainement*
> *Qu'elles n'avoyent point de teste.*
>
> *Puis je vy gens qui conseilloient*
> *Pour nuyre contre vérité ;*

---

[1] Probablement *dix visions* est à double entente.

Mais après leur auctorité,
Grevez de leur conseil estoient.

En France, quant à l'autre point,
Viz plus qu'autre part de raison;
Mais on me dit que la raison
Estoit car[1] on n'en usoit point.

En l'aer Phéton le char menoit
Du souleil; mais tant traversa,
Que chevaulx et char renversa
Jupiter, car trop hault montoit.

Une grand nef, la voille au vent,
Viz tournoyer en my la mer,
De la tormente en grant danger,
Par faulte de gouvernement.

Le cheval Pégasus volla;
Echo n'estoit point honorée,
Mynerve viz hubandonnée,
Quand Saturne Mars accolla.

Puis un aigle à deux testes vint :

---

[1] *Car* pour *qu'or*.

Une double croix regardoit,
Et le lyépard les escoutoit,
Quant ung taur [1] ilecques survint.

Singulier proufit mesnageoit
La chose publique endurant,
Le commun alloit murmurant ;
Mais autre chose n'en estoit.

Ignorans ne sceurent que dire
Et les saiges dissimuloient,
Les craintifz tousjours escoutoient ;
Les folz n'en faisoyent que rire.

Athlas qui vint de phiton bas (sic)
Se mit dessoubz l'umbre brutine ;
Car la grant chaleur reymondine
Doubtoit, en mirant ces débatz.

Et quant j'euz tout mon sommeil pris,
Je me trouvay vieil et cassé,
Mon vert et jaulne temps passé,
Et mes cheveulx perdans le gris.

---

[1] C'est peut-être la maison de Foix qui est désignée par
cet emblème. Les armoiries de Foix étaient des vaches.

DICT MORAL SUR LE MAINTIEN DE JUSTICE.

Vœux pour la prospérité du règne de Charles VIII,
à l'époque où le jeune roi commença à gouverner
par lui-même. L'auteur lui propose surtout pour
modèle son aïeul Charles VII, et il insiste sur le
maintien des lois imposées aux gens de guerre
en 1445, lors de la création d'une armée permanente.

Alexandre, Constantin et Pompée,

[Et] Charlemagne à tout sa grande espée,

Pourquoy est-ce, de droit ou par office,

Qu'on les nomme grans en toute contrée,

Et autres non? Pour maintenir justice.

Qui feit les roys régner en prosperant?

Qui feit Rommains longtemps en acquérant?

Qui feit César occident conquérir?

Qui surnomma Charles le Conquérant?

Pour quoy vit-on, sinon en espérant?

Pour justice droictement maintenir.

Qui augmenta le royaulme de France?

Qui luy donna si grant magnificence?

Qui recouvra Guyenne et Normandye

Puis quarante ans [1], sans faire vyolance,
En si brief temps, à petite puissance?
Ce fut justice, qui y fut accomplye.

Qui y feit paix long temps après durer,
Tant qu'on n'osoit contre droit murmurer :
Chascun vivoit en grant transquilité
Que n'oïssiez le nom de Dieu jurer [2]
Comme à présent on le voit parjurer?
Ce fut justice et sa fille équité.

Par qui fut-ce qu'on chassa les pillars,
Et les courtois mis ou lieu des paillars
Dont le peuple fut tout morne et transy ;
Et qu'on retint des notables vieillars,
Car ilz sçavent les tours de leurs billars?
Par justice qu'on trouva à Nancy [3].

---

[1] Ceci nous reporte à 1490 environ, la conquête de la Nor-
mandie ayant été faite en 1450, et celle de la Guienne
achevée en 1453.

[2] Il y eut plusieurs ordonnances rendues par Charles VII
contre les blasphémateurs et ceux qui juraient en vain le
nom de Dieu.

[3] C'est à Nancy (1445) que furent rendues les ordonnances qui constituaient les armées sur une nouvelle
base.

A la garder doibt-on faire debvoir,
Car on ne peult sans elle paix avoir,
Ne par armes, ne par autre puissance.
Si prie à Dieu de très-humble vouloir
Que préserver vueille par son pouvoir
Le chef entier et le peuple de France.

DICTZ MORAULX

POUR METTRE EN TAPISSERIE

TOUTES les pièces qui suivent sont des devises faites pour
accompagner des dessins ou cartons qui servaient de modèles
soit dans les manufactures de tapisserie, soit dans les ateliers
de peinture sur verre. Le plus souvent, ces sujets étaient conçus
de telle sorte qu'ils formaient une scène de trois personnages ou de
trois groupes, dont l'un, à la manière du chœur antique, était
chargé de faire la moralité. Les vers étaient brodés ou peints soit
à la hauteur de la bouche des personnages, soit sous leurs pieds.

1.

Des pourceaulx qui ont répandu ung plain panier
de fleurs :

Belles raisons qui sont mal entendues

Ressemblent fleurs à pourceaulx estendues.

2.

Ung beau cheval enfermé dans ung parc, et en sortant
par-dessus ung paliz se mect ung pal en la poitrine.

LE CHEVAL.

J'avoye bien où pasturer,
Si je l'eusse sceu endurer.

L'Asne hors le parc, qui ne mangeue que chardons :

J'ayme mieulx menger des chardons
Qu'estre lardé de telz lardons.

3.

.Ung bon homme regardant dans ung bois ouquel a entre deux arbres une grant toille d'éraigne. Ung homme de court luy dit :

Bon homme, diz-moy, si tu daignes,
Que regarde-tu en ce bois?

LE BON HOMME.

Je pence aux toilles des éreignes
Qui sont semblables à noz droiz :
Grosses mousches en tous endroiz
Passent; les petites sont prises.

LE FOL.

Les petitz sont subjectz aux loix,
Et les grans en font à leurs guises.

4.

UNG PATIENT.

L'esthomac guérir

Qui me fait gémir
Veuillez, médecin.

LE MÉDECIN.

Pour y parvenir,
Te fault, ou languir,
Cracher au bassin.

LE FOL.

Tel maint gras lopin
Mangeue au matin,
Qu'au soir fault vomir.

5.

Ung gros homme tenant un grant verre plain de vin :

Quant je boy, maistre Jehan Avis [1],
Je ne sens ne mal ne friçon.

LE MÉDECIN.

Guéry estes, à mon advis,
Puisque vous trouvez le vin bon.

LA FOLLE.

La taincture de vostre viz
A plus cousté que la façon.

---

[1] Médecin du temps de Louis XI et de Charles VIII, dont
le nom se trouve sur les registres de la Faculté.

6.

Le Galiffre de Baudas [1].

Apportez moy harnois et auberjons,

Apportez moy enclumes et marteaulx,

Cloches, landiers, bassins et chaulderons,

Fers à cheval, et mailletz à massons,

Mors et estriers, braquemars et cousteaulx,

Fers de lances, clefz, grilles et vaisseaulx

De fer ou fonte, et charretes ferrées :

J'avalleray hallebardes, espées;

Rien ne treuve qu'à moy ne soit mengeable,

---

[1] C'est-à-dire le Calife de Bagdad. Il paraît que c'était alors un type de caricature dirigé contre les géns qui font parade de tout avaler, et par suite contre les grugeurs du peuple. Il résulte d'une description en vers de l'entrée de Charles VIII à Paris (rapportée dans le *Cérémonial françois*, p. 214), que la représentation du Galiffre de Baudas avait été disposée dans la rue Saint-Denis pour le divertissement du jeune roi. Voici le passage où il est question de cela :

> Plus avant, à la Porte aux Peintres,
> Vis le Galiffre de Baudas,
> Qui engoulloit, sans nulles feintes,
> Enclumes de fer à grans tas,
> Denotant que tels goulias
> En France ont fait grant mangerie :
> Dont plusieurs en sont au pourchas
> Par le monde quérans leur vie.

Et si telz mez aux grans festes années [1]
Ne treuve bons, je mengeray le deable.

Il doibt estre à table et doibt avoir de toute ferraille
devant luy et menjer une enclume en disant :

Affin que mieulx ma bouche j'euvre,
J'avalleray ce coing de beurre.

7.

Ung homme qui presse cailloux à ung pressoüer [2]

Par presser faiz huille saillir
De cailloux de roche ou rivière.
Je n'ay point de peur de faillir ;
Ne me chault de quelle carrière.
J'en prens davant, j'en prens derrière,
J'en tire la substance à force
Par si très-subtile munière,
Qu'il n'y demeure que l'escorce.

8.

Ung homme qui parle à ung munier qui oste le cours
de l'eau d'un moulin pour le faire venir au sien :

Pourquoy oste-tu le chemin

---

[1] *Fêtes annuelles ?* leçon douteuse du ms. suppl. fr. 208
C'est la mise en scène d'une locution qu'on appliquait

A la rivière de nature ?
C'est, contre raison et droiture,
A l'intérest de ce moulin.

LE MUNIER.

C'est pour faire venir, Colin,
L'eaue à mon gré, dont je prens cure
Cependant que le temps me dure,
Abondamment en mon molin.

LA MEUNIÈRE parle à son varlet :

Prens double portion, Robin,
De ce blé à comble mesure.
Il ne me chault s'on en murmure,
Car la raison est au moulin.

LE FOL.

Le munyer prend l'eau du voisin,
Sa femme prent double moulture :
Conclusion, chascun procure
De tirer l'eaue à son moulin.

---

aux hommes féconds en ressources, disant qu'ils savaient
tirer l'huile des cailloux.

9.

Une chandelle allumée entre un homme de court
et un laboureur.

L'HOMME DE COURT.

Maint homme monte sans eschelle
Jusques au feu, pour ce qu'il luit,
Comme le papillon de nuit
Qui chiet, quant il s'est brulé l'esle.

LA CHANDELLE.

Chacun vient sans que je l'appelle,
Et je brule ce qui me suit :
Pour tant qui est sage me fuit.
La façon de court est ytelle.

LE LABOUREUR.

On prent du riche la querelle,
On flatte celui qui a bruit,
On fait ainsi que se conduit
Le papillon à la chandelle.

10.

Ung homme qui boute ung chien avec ung baston, dit :

Maistre Canis, vous dormez trop,
Et le dormir vous est contraire.

Le chien tourne la teste et dit :

De me réveiller tu as tort :
Si je dors, ne te doibt desplaire.

Ung autre homme à une fenestre, qui monstre
le chien au doy et dit :

Tel réveille le chien qui dort,
Qui gaigneroit mieulx de se taire.
Quant il dort, il ne peult mal faire ;
Mais quant il ne dort pas, il mort.

11.

Deux femmes dont la première dit :

J'ai de mon sens et mon visaige
Par qui j'ay de grans faveurs,
Fait tous mes amis grans seigneurs
Et trouvé partout avantaige.

L'AUTRE FEMME.

J'ay par mon corps et mon langage,
Moiennans mes entreteneurs,
Bénéfices, estaz, honneurs,
Et grans partiz en mariage.

UNG FOL QUI DIT :

Pour remectre sus ung mesnage

Soubdainement, sans grans labeurs,
Ne fault, ce dient nos docteurs,
Qu'une putain en ung lignage.

12.

CHASCUN LE PARTICULIER.

Ne sçay à qui me douloir des griefs faiz
Que je soustiens par dure vyolance,
Car à nully je ne treuve fiance;
De tous coustez je ne voy que forfaiz.

LE PEUPLE.

Chascun se plainct (et je, peuple, me taiz)
Pour despartir ensemble ma substance;
Et d'avoir mieulx n'ay-je point espérance.
Je paye tout et ne puis avoir paix.

13.

TROIS CHIENS.

Nous ne faisons rien qui soit de nouveau.
Vous entendez comme nous la matière;
Si nous voulons cy boire par prière,
Que vous en chault, dites, dans ce séau?

LE FOL.

Prier sans pris est vin doulx sans vaisseau;

Prier est voix, mais pris est chose chère.
Qui n'en aura, fauldra bien qu'il en quiere,
Car mascher fault, avant boire, ung morceau.

14.

Ung docteur qui est sur les degrez du Palais et dit :

Quant on voit d'asnes quantité
Dessus mulles, comme barons,
Signiffie que nous avons [1]
Pollitique d'asinité.

Des asnes abillés en advocas sur des mulles et une femme nommée Faveur, qui leur chausse des esperons.

Se nous avons prospérité
Beaucoup plus que nous ne valons,
Faveur nous a mis aux tallons
Les esperons d'auctorité.

Ung fol qui les montre au doy et dit :

Puisqu'asnes ont félicité
Par dame Faveur ou par dons,
Nous aurons des petiz asnons
Pour fournir l'Université.

---

[1] Le ms. s. f. 208, d'où cette pièce est tirée, propose comme correction *loy avons* au lieu de *nous avons*.

15.

Ung homme assis en une chaire soubz ung beau pavillon,
habillé comme ung empereur, et souffle en une
trompe, de laquelle sort ung asne vollant, qui est
moitié dans la trompe et moitié hors, et a une
mittre en la teste et une crosse entre les bras; et y
a deux autres asnes vollans. Faveur dit :

Je suis Faveur, qui au son de ma trompe
Souffle et produiz des choses nompareilles,
Il n'est nul droit que par moy ne corrompe.
Tant soit-il bon ou loyal à merveilles.
Je fais voller asnes à grans oreilles
Soubdainement, assez hault par les branches.
Les gens suchans mascheront ces groselles
Soit tort ou droit : c'est la façon des manches.

UNG ASNE VOLANT.

Je suis ung asne que Faveur fait voller,
Lequel on voit ainsi pesant et lourt,
Que Fortune a voulu accoler
Et advancer par service de court;
Et non pour tant je suis muet et sourt.
Faveur m'a fait avoir de grans offices;
Asnes ont bruit, selon le temps qui court.
En haulx estaz, sans y estre propices.

LE SECOND ASNE VOLLANT.

Et moy je suis ung asne tout parfaict;
Né et issu d'une povre caverne.
Si m'a Fortune tant par ditz que par faict
Soufflé si fort, que les princes gouverne.
J'ay bien aprins l'escolle de taverne.
A riens sçavoir, affin d'acquérir bruict.
J'abats tout bois, soit de fou ou de verne,
Sans coup férir, pour le danger du fruict.

LE TIERS ASNE, issant de la trompe Faveur.

Je ne suis pas encore du tout né
Ne sorti hors de la trompe Faveur,
Et si ne say pas le Domine me,
Car norry suis de chardons sans saveur;
Mais Fortune, où rien n'y a de seur,
Si m'a soufflé en ung bon évesché.
Qui est ami de Faveur, frère ou seur,
N'est-ce pas bien, sans riens savoir prescher?

L'ACTEUR.

Retenez bien, gens lectrés et sçachans,
Cecy ne puet trop longuement durer
Que ces asnes malheureux et meschans
N'allent aux champs les chardons pasturer;

Mais ce pendant nous fauldra endurer,
En attendant que Faveur ne soit plus.
Voz bons renoms vous feront pardurer
Et le vray Dieu parfera le surplus [1].

16.

Ung Religieux et ung Homme de court au pié
d'ung poirrier.

LE RELIGIEUX.

Es grans cours croissent soucie et encolie,
Sur les haultz montz fiert fouldre qui tout froisse,
En tous terrouers croissent poires d'angoisse,
En cloistre n'a ren que merencolie.
Mais qui de cuer avec Dieu se ralie,
Prenant vertu pour sa guide et conduicte,

---

[1] Cette pièce a été imprimée sans nom d'auteur dans le *Recueil des chants historiques français*, de M. Le Roux de Lincy (t. I, p. 347). On y conjecture que l'âne mitré est le fameux Balue, et que le premier âne, pesant et lourd, pourrait bien être Jean de Montauban, autre favori de Louis XI, qui le créa amiral de France à son avénement. Mais, comme sous tous les règnes on a vu des lourdauds devenir de grands favoris, et des ignorants être promus à l'épiscopat, on risque moins de se tromper en considérant comme des types généraux les personnages que fait parler le poëte.

S'il vainc soy-mesmes, délices met en fuite
Quant de plaisirs mondains il se deslite.

L'HOMME DE COURT.

J'ay en maintz lieux de divers fruiz tasté,
Entre lesquelz poires sont de grans pris ;
Bon chrestien, franc soreau s'ay gousté,
Et d'autre sorte qu'en leur saison ay pris ;
D'angoisse aussi menger ay bien apris
Que j'ay cueilly partout, ainsi qu'on court ;
Mais je maintien, sans peur d'estre repris,
Qu'il n'est angoisse que celle de la court.

DOCUMENTS HISTORIQUES

SUR

HENRI BAUDE

PRÉFACE ALLÉGORIQUE

DÉCOUVERTE par M. Vallet de Viriville dans un manuscrit de l'opuscule intitulé : *De la vie, complexion et condicion du roy Charles septiesme*.

INSI que Baude buissonnoit en la forest d'Espérance lez une lande, il oy un grant glay aspre et esclatissant. Lors se tappy et orilla le cor des braconniers qui, à la fin, cornèrent retraicte. Baude, errant sur les fumées, passa oultre maintes brisées et se mist sur l'erre d'un grant cerf, signé de quarante cors, que son sexe avoit envahy et suivy longtemps par tertres et larriz. Ce grant cerf avoit elles[1] et passa plusieurs forestz et rivières. Or y avoit-il ung jeune brocquart, signé de vingt cors, après luy, lequel s'escarta, et Baude après, qui le suivy si longuement que ledit brocquart s'en alla retraire entre les grans

---

[1] Ailes. L'allégorie est tirée du corps de la devise de Charles VII, qui était un cerf ailé.

montaignes et païs sauvaiges [1], et de là, à la fortune
du vent, passa la Forest Charbonnière [2]. Quant Baude
s'aperceust avoir changé et prins le brocquart pour le
cerf, il se réclama sur le premier erre, et par sauvaiges
païs et divers buissons et bocaiges, poursuivy le grant
cerf jusques en ung maraiz près d'ung beau manoir [3],
qui estoit le buisson et nativité dudit cerf. Lequel
cerf, vieil, foible et recreu, ouvry ses elles, se print
à mugir et grater la terre du pié, et soubdainement
s'esvanoy, et ne sceut Baude qu'il devint ; qui en gla-
tissant se print à houer en terre tant et si avant qu'il
y trouva un petit livret contenant ce qui s'ensuyt [4].

NOMINATION D'HENRI BAUDE
A L'OFFICE D'ÉLU DU BAS-LIMOUSIN.

EXTRAIT d'un vidimus authentique donné, sous le sceau du bail-
liage de Limoges, par Jean Guercins, bourgeois du château de
Limoges, à la date du 8 janvier 1460/1. L'original est au cabinet
des titres de la Bibliothèque impériale.

CHARLES, par la grâce de Dieu roy de France, à
tous ceulx qui ces présentes lectres verront, salut.

---

[1] Retraite du prince Louis en Dauphiné, en 1447.

[2] Fuite du Dauphin en Brabant (1456), au-delà de la
Forêt charbonnière ou des Ardennes.

[3] Meung-sur-Yèvre, où mourut Charles VII.

[4] Suit le texte imprimé en tête de *l'Histoire de
Charles VII*, par Godefroy, et reproduit plus correct dans
les *Nouvelles recherches sur Henri Baude*, par M. Vallet
de Viriville.

Sçavoir faisons que, pour la bonne relacion qui faicte nous a esté de la personne de nostre bien amé Henry Baude et de ses sens, loyaulté, preudommie et bonne diligence, et aussi en faveur de plusieurs bons et agréables services qu'il nous a faiz par cy devant en la compaignie d'aucuns noz officiers estans autour de nous et en nostre service : à y icelluy Henry Baude avons donné et donnons par ces présentes l'office d'esleu sur le fait des aides, ou équivalens ayant cours ou lieux d'iceulx, ou bas païs de Limosin, que souloit tenir et exercer Jacques de la Ville, vacant à present par la résignacion qui en a au jour d'uy esté faicte, de noz congié et licence, ès mains de nostre amé et féal chancelier, par procureur quant à ce souffisamment fondé dudit De la Ville ; pour ledit office d'esleu avoir, tenir et d'ores en avant exercer par ledit Henry Baude, aux gaiges, chevauchées, droiz, prouffiz et emolumens qui y appartiennent, tant qu'il nous plaira, s'il est à ce souffisant. Si donnons en mandement par ces mesmes présentes à nos amés et féaulx les généraulx conseilliers par nous ordonnés sur le fait et gouvernement de toutes noz finances, que, prins et receu dudit Henry Baude le serement en tel cas acoustumé, icelui mectent et instituent ou facent mectre et instituer de par nous, en possession et saisine dudit office d'esleu, etc., etc. Donné à Vendosme, le derrenier jour d'octobre, l'an de grâce mil cccc cinquante huit et de nostre règne le xxxvij^e. *Sic signatum.* Par le Roy, à vostre relacion. Duban.

QUITTANCE DE JEAN BAUDE,

GREFFIER DES ÉLUS DU BAS-LIMOUSIN.

D'APRÈS la cédule originale et autographe en parchemin, conservée au cabinet des titres de la Bibliothèque impériale. Nous
nous abstenons de reproduire une autre cédule contenue dans
le même dossier, qui est à peu près dans les mêmes termes et au
nom de François Baude, exerçant aussi l'office de greffier des élus
du Bas-Limousin en 1482.

JE, Jehan Baude, clerc et greffier des Esleuz pour le
Roy nostre sire, sur le fait des aides ordonnez pour la
guerre ou bas païs de Limosin, confesse avoir eu et
receu de Gilbert Merlin, receveur pour le roy nostre
dit seigneur au bas païs de Limosin, la somme de
vingt-cinq livres t. à moy ordonnée par ledit seigneur
pour mes gaiges desserviz en mondit office; pour avoir
faiz les papiers, commissions et autres lectres touchant
l'équivalent ausdictes aides, aïant cours audit bas
païs de Limosin de ceste présente année, commençant
le premier jour d'octobre derrenier passé mil cccc
soixante dix neuf, et finissant le derrenier jour de
septembre prouchain venant mil cccc quatre vings. De-
laquelle somme de xxv l. t. je suis content et en quicte
ledit receveur et tous autres. Tesmoing mon seing
manuel cy mis, le xvj° jour de mars l'an mil cccc soixante
dix neuf. *Signé* Baude.

EXTRAITS DU REGISTRE CRIMINEL

DU PARLEMENT, X, 8884 (AUX ARCHIVES DE L'EMPIRE)

Trouvés sur les indications de M. Vallet de Viriville.

Audience du 10 mai 1486.

Sur les requestes baillées à la Court par Henry Baude, bourgeois demourant à Paris, et Regnault Sauvin, clerc, prisonniers ou Chastelet de Paris, par ordonnance de maistre Jehan de la Porte, lieutenant criminel de la prevosté de Paris, par laquelle ilz requeroient estre amenez prisonniers en la Consiergerie du Pallais à Paris, attendu qu'ilz sont appelans dudit lieutenant, et que deffense fust faite audit lieutenant de ne les transporter hors ceste ville de Paris; veues par la Court lesdites requestes; oy sur ce ledit Me Jehan de la Porte, lieutenant; veues aussy les lettres patentes du roy, desquelles la teneur s'ensuit :

« Charles, par la grâce de Dieu roy de France, à nostre amé et féal conseiller, Me Jehan de la Porte, lieutenant criminel en nostre Chastelet de Paris, salut avec dilection.

« Pour ce que nous avons esté informez que en nostre ville de Paris, le premier jour de ce présent mois, aucuns, soubz umbre de jouer ou faire jouer certaines moralitez et farces, ont publiquement dit ou fait dire plusieurs parolles séditieuses sonnans commotion, principalement touchans à nous et à nostre estat; pour laquelle cause et affin de obvier aux inconveniens qui en pourroient advenir entre noz bons et loyaulx subjets, aussy savoir et attaindre la vérité qui les a meuz de ce faire, est besoing et chose très nécessaire y donner provision : Vous mandons et, pource que estes juge ordinaire en nostredit Chastelet, commectons par ces présentes que et de faict, attendu la notoriété, vous prenez et saisissiez ou faictes prendre et saisir au corps quatre des plus coüppables que pourez savoir et trouver avoir fait ce que dessus est dit; et iceulx faictes mener prisonniers soubz bonne et seure garde en nostre chastel de Melun, pour illec y estre procédé comme de raison; et tous les autres de ce coulpables et que pourrez trouver ou faire trouver et appréhender, détenez prisonniers en nostredit Chastelet, et d'iceulx enquérez et saichez bien et diligemment la vérité de ce que dit est; et tout ce que y aurez fait et trouvé, nous renvoyez pour en ordonner ainsi qu'il appartiendra et verrons estre à faire, nonobstant oppositions ou appellations quelzconques, pour lesquelles ne voulons aucunement estre différé. De ce faire vous avons donné et donnons plain povoir, auctorité, commission et mandement espécial par cesdites présentes. Mandons et commettons à tous noz justiciers, officiers et subjetz que à vouz et à voz commiz et deputez, en ce faisant, soit obéy et entendu diligemment, prestent et donnent conseil, confort et prisons, se mestier est et requis en sont.

« Donné à Monstereau-fault-Yonne, le huictiesme jour de may l'an de grace mil cccc iiij^{xx} vj et de nostre règne le troys. *Sic signatum*, Par le roy en son conseil, Parent. »

Ladicte Court a defendu et defend audit M° Jehan de la Porte à sa personne, de non transporter, faire ne souffrir transporter hors ceste ville de Paris lesditz Henry Baude et Sauvin ne autres ; et néantmoins a permis et permect ladicte Court audit lieutenant de leur faire, ensemble contre les autres couppables du contenu ès dites lettres, leur procès, ainsi qu'il verra estre à faire par raison, nonobstant lesdictes appellacions et autres faictes ou à faire, jusques à sentence definitive *inclusive, semota executione*, s'il en est appellé.

Audience du 11 mai.

Oy par la Court maistre Jehan de la Porte, lieutenant criminel de la prevosté de Paris, lequel a requis à ladicte Court le jeu joué par les clercs du Palais le premier jour de ce présent moys, estant devers ladicte Court, luy estre baillé pour sur icelluy faire le procès desditz clercs, ainsi qu'il luy a esté permis par ladicte Court, et tout considéré :

Ladicte Court a ordonné et ordonne les sotye et moralité jouez par lesdictz clercs ledit jour, estans devers icelle Court, estre baillez audit lieutenant auquel ladicte Court a enjoinct à sa personne de les garder et iceulx apporter devers ladicte Court toutes

et quantes foiz que par elle sera ordonné. En ensuivant laquelle ordonnance lesdictes sotye et moralité
ont esté baillez audit maistre Jehan de la Porte, lequel les a promis rendre et rapporter devers ladicte
Court toutes et quantesfoiz que ladicte Court l'ordonnera.

Audience du 13 mai.

Sur les requestes baillées à la Court, l'une par l'évesque de Paris, par laquelle il requeroit maistre Henry
Baude, Genet Duluc, Christofle Lefèvre, Regnault
Sauvin et Jehan de Pons, prisonniers au Chastelet de
Paris, pour raison de certains cas à eulx imposez,
commandement estre fait au prevost de Paris ou à
maistre Jehan de la Porte, lieutenant criminel de
ladicte prevosté, de luy rendre lesditz prisonniers
comme clercs et ses justiciables, pour leur faire leur
procès ainsi que de raison, et en leur refuz que lesditz
prisonniers feussent amenez prisonniers en la Consiergerie du Palais;

L'autre par iceulx prisonniers, par laquelle ilz requeroient aussi estre renduz audit évesque, attendu
qu'ilz sont clercs;

Veues par la Court lesdictes requestes, oy sur ce le
procureur général du roy, et tout considéré:

Ladicte Court a ordonné et ordonne lesdiz Baude,
Duluc, Lefèvre Sauvin et de Pons estre amenez prisonniers en ladicte Consiergerie du Palais à Paris jusques à ce que, lesditz évesque et procureur du roy oyz

sur ladicte cléricature, par ladicte Court autrement en
soit ordonné.

Audience du 23 mai.

LES gens du roy ont le jour d'uy récité en la Court
le jeu que les clercs du Palais ont joué le premier
jour de ce présent moys, et, ce fait, ont requis à la
Court d'en rescripre au roy; et touchant la requisi-
toire requise par l'évesque de Paris, que la congnoissance de la matière appartient à la Court, et pour ce
ne doibvent estre rendus audit évesque.

Audience du 24 mai.

MAISTRE Henry Baude, Geneys de Luc, Regnault
Sauvin, Christofle Lefèvre et Jehan de Pons, clercs du
Palais à Paris, amenez prisonniers du Chastellet en
la Consiergerie du Palais à Paris, pour raison de certains jeux par eulx et autres clercs de ce Palais jouez
le premier jour de ce présent moys, sur lesquelz ilz
ont esté interroguez par aucuns des conseillers de la
Court à ce commis : oy leur rapport et le procureur
general du roy, et tout considéré, sont élargiz et les
élargist ladicte Court par ceste ville de Paris seulle-
ment, laquelle leur est baillée pour prison parmi ce
qu'ilz ont promiz et juré sub pœna convicti et soubz
les autres peines et submissions en telz cas acoustumez, tenir icelle ville pour prison; de non en sortir
sans le congié de la dicte Court, et retourner et eulx

rendre de rechef prisonniers en ladite Consiergerie pour ester à droit, toutes et quantesfoiz que ladite Court l'ordonnera. Et de ce faire ont esté pleigez et cautionnez corps pour corps : c'est assavoir ledit maistre Henry Baude, par maistre Berthelemy Laurens; ledit de Luc par Me Jehan Claustre; ledit Sauvin par Me Estienne Sauvin, son frère; ledit de Pons par Me Jehan Gaucher, tous procureurs en ladite Court; et ledit Christofle Lefèvre par Jehan Lefèvre, son frère, orfèvre et bourgeois de Paris; dont ilz ont promis garandir leurs diz pleiges chacun envers soy de tous dommages et interestz; et pour faire contre eulx tous adjournemens et autres exploiz en ce nécessaires, ont éleu leur domicille à Paris ès hostelz de leursditz pleiges, lesquelz ils ont fait et constitué leurs procureurs, excepté ledit Lefèvre et sondit pleige qui l'ont éleu en l'ostel de maistre Michel Soly, lequel ils ont fait et constitué leur procureur.

Audience du 29 mai.

MAISTRE Michel Cave, procureur du prévost des marchans et eschevins de ceste ville de Paris, s'oppose, en ensuivant les previleiges octroyez aux bourgeois, manans et habitans de ladicte ville de Paris par le roy nostre sire et autres ses prédécesseurs, roys de France, que aucuns desditz bourgeois, manans et habitans ne soient tirez, transportez ne miz hors ne en cause hors de ladicte ville de Paris.

Audience du 26 juillet.

Veues par la Court les confessions de maistre Henry
Baude, prisonnier en la Consiergerie du Palais par
ordonnance de la Court, pour raison de certaine moralité par lui faicte, jouée le premier de may derrain
passé par les clercs du Palais; veues aussi certaines
lectres missives escriptes par le roy à la dicte Court
touchant ceste matière, et tout considéré :

Ladicte Court a élargy et élargist ledit M⁰ Henry
Baude par ceste ville de Paris seulement, parmi ce
qu'il a promis et juré *sub pœna convicti*, etc., tenir
ladicte ville de Paris pour prison, etc..... et a éleu
son domicille à Paris en l'ostel de Mᵉ Berthelemy
Laurens, lequel il a fait et constitué son procureur.
Et a deschargé et descharge ladicte Court ledit
Mᵉ Berthelemy Laurens de ce dont il avoit autreffoiz,
pour raison de ceste matière, cautionné ledit maistre
Henry Baude en icelle Court.

Audience du 9 décembre.

Geneys de Luc, clerc de Jehan Cocquet, et Christofle Lefèvre, clerc de maistre Michel Soly, prisonniers élargiz de la Consiergerie du Palais par la ville
de Paris, par ordonnance de la Court, pour certains
jeuz jouez par aucuns clercs du Palais le premier jour
de may derrenièrement passé, sont de rechef élargiz
et les élargist ladicte Court partout *quousque*, etc.,

parmi ce qu'ilz ont promis et juré, soubz les peines
et submissions en tel cas acoustumez, retourner et
comparoir céans en personne pour ester à droit toutes et
quantes fois que ladicte Court l'ordonnera; et partant
maistre Jehan Claustre, procureur en ladicte Court,
et Jehan Lefèvre, frère dudit Christofle, lesquelz
avoient cautionnez iceulx de Luc et Christofle Lefèvre, sont deschargez et les descharge la Court de
ladicte caucion. Et pour faire contre lediz Geneys et
Christofle Lefèvre tous adjournemens et autres exploiz en ce nécessaires, ont éleu leur domicille à Paris
en l'ostel de maistre Jehan de Rivière, lequel ilz ont
fait et constitué leur procureur.

Audience du 6 janvier 1487.

Entre maistre Henry Baude, éleu du bas pays de
Limosin, appelant de Denis Bournel, bastard de Nans,
soydisant capitaine du chastel de Sainte-Menehoult,
et autres ses adhérens et complices, demandeur en
cas d'excez, crimes et délitz, d'une part, et Jehan Poto
l'esné, Guyot bàstard de Many, Foucques Servoisier et
Mondot la Pute, defendeurs esditz cas d'excès, crimes
et délitz, d'autre part :

Appoincté est que lesdictes parties baillent leurs
causes d'appel, demandes, défenses, replicques et
dupplicques par escript; dedans le temps des ordonnances produiront, bailleront contreditz et salvacions,
et ce fait, leur sera fait droit.

DU REGISTRE CRIMINEL X, 8889.

Arrêt du 11 avril 1487.

Cum magister Henricus *Baude* et procurator nos-
ter generalis, cum eo adjunctus, in casu excessuum,
criminum, delictorum et maleficiorum actores in
nostra parlamenti Curia, contra Dionysium *Bournel*,
bastardum de *Namps*, Lambertum *Rabucain*, Theo-
baldum *le Vert*, Nicolaum *Malgarny* et Giraldum *le
Pescheur*, dicto casu excessuum; etc., defensores, in
eorum absencia et contumacia, dici et proponi fecis-
sent quod :

Processus coram dilectis et fidelibus magistris Mar-
tino de *Bellefaye* et Girardo *Seguief*, in dicta nostra
parlamenti Curia consiliariis nostris ac per eam com-
missariis in hac parte deputatis, super executione
certi cujusdam Curiæ nostræ arresti ad utilitatem
jam dicti Henrici *Baude*, contra Antonium, bastardum Burgundiæ, suosque servitores et alios prolati,
motus fuerat : in quo tantum processum extiterat quod,
super bonorum quantitate, utilitate et æstimatione per
jam dictum *Baude* per declaracionem traditorum, partes supra dictæ in factis contrariis et inquestis appunc-
tatæ extiterant; et pro inquestas ipsarum partium
super hujusmodi factis faciendo, præfatus *Baude* suam
commissionem Mathæo *Lecheron*, nostri præpositi Mel-
densis locumtenenti, præsentaverat; vigore cujus com-
missionis ipse Henricus *Baude* supradictum Antonium bastardum et cæteras alias suas partes adver-

sas, coram dicto Mathæo *Lecheron* ad certum diem inde sequentem comparituros., adjornari fecerat ; deinde quod supradicti *Baude* et *Lecheron* in loco de *Saincte-Menehoult* se transportaverant, et in hospitio grenetarii ipsius loci se hospitaverant, et, licet de jure ab ordinationibus regiis, omnes viæ facti, portus armorum, incarcerationes privatæ prohibitæ essent, atque ipse *Baude* in nostra protectione et salvagardia ac salvo et securo ejusdem Curiæ nostræ conductu foret, nihilominus supradicti Dionysius *Bournel*, Lambertus *Rambucain*, Theobaldus *le Vert*, Nicolaus *Malgarny* et Girardus *le Pescheur*, defensores, pluribus aliis suis complicibus associati, armis et baculis invasibilibus muniti, xij die mensis februarii anni millesimi quadringentesimi octuagesimi quinti[1], circa horam mediæ noctis, in domo jam dicti grenetarii venerant et in ea vi et violentia intraverant, dictumque *Baude* in lecto dormientem per capillos ceperant, illumque furiose ad pedes sui lecti posuerant et quamplures ictus dederant, ac eum usque ad magnam sanguinis effusionem verberaverant et mutilaverant, pluresque alios excessus fecerant et commiserant ei talia verba : *Ribault, traictre, te faut-il plaider à Mgr le Bastard, conte de ceste ville, et à ses gens? A ceste heure sera la fin du procès, car tu es mort et n'eschapperas jamais de noz mains en vie*, dicendo, ipsumque in sua camisia ab eadem domo inhumaniter truserant et extraxerant, ac in castello dicti loci de *Saincte-Menehoult* nudis pedibus, frigore nimio tunc urgente, ire

---

[1] 1486, n. st.

compulerant et duxerant, pluresque insolentias, derisiones et opprobria fecerant et intulerant ei, talia verba vel similia : *Estes vous venu, nostre maistre; le dyable vous a bien amené ycy. Fait-il bon plaider à Mgr le Bastard et à ses gens? Au fort, quand vous ne feussiez venu icy, si ne fuissiez vous pourtant eschappé; car il y a des gens sur les champs, s'ilz vous eussent rencontré, qu'ilz vous eussent mis et dehaché en cent mille pièces. Il vault mieulx vous noyer que faire pendre, ou tuer*, dicendo et proferendo; dictumque *Baude* in magna turri dicti de *Saincte-Menehoult* duxerant, eique supradicta verba ac cætera alia turpissima dixerant, et maxime præfatus bastardus de *Nans* sibi hæc verba : *Cuides tu avoir la raison de Mgr le Bastard? quant il t'aura faict mectre en pièces et plus homme de bien beaucoup que tu n'ez, il n'en sera aultre chose*, protulerat, ipsumque *Baude* grossis ferris inferrari fecerat; nec non præfati delinquentes ab eodem Henrico *Baude* plures litteras, cedulas, quictancias ac omnia bona sua ceperant et secum intulerant.

Unde ipse *Baude* ad nostram parlamenti Curiam pluries pro appelante se gesserat; quibus non obstantibus, præfati defensores et sui complices, quod pro nobis neque dicta Curia nostra ac alio viro vivente nisi mandatum prædicti Bastardi (de quo onus id faciendi habebant) secum haberent, minime facerent, dixerant, et indilate supradictus de *Nans* procuratori supradicti castri de *Saincte-Menehoult* qui, ne in eo aliquos servientes seu officiarios nostros in turre dimisisset, inhibuerat et deffenderat.

Deinde quia, visa per nostram dicti parlamenti Curiam supplicatione sive requesta ei, pro parte jam dicti Henrici *Baude* propter hoc tradita, una cum processu verbali supradicti Johannis *Lecheron* super præmissis facto, ipsa Curia nostra jam dictum magistrum Martinum de *Bellefaye* erga prædictum Bastardum se transferre, ac eidem, ut ipse captionem Henrici *Baude* supradictam advocaret seu desavocaret præcipi et injungi; dictumque H. *Baude* à carceribus liberari ac prænominatum bastardum de *Nans*, suum locumtenentem suosque adhærentes et complices usque ad numerum quatuor personarum in eadem curia nostra comparituros adjornari ordinaverat; vigore cujus ordinationis præfatus de *Bellefaye* injunctiones et præcepta supradicta eidem Bastardo fecerat, nec non ad ipsius personam supradictos defensores personaliter in eadem Curia nostra comparituros, ad septimam diem mensis martii anni prædicti MCCCCLXXXV, adjornaverat, etc. [1].

Tandem, visis per eamdem nostram parlamenti Curiam dictis defectibus informationibusque, expletis et munimentis, consideratisque et attentis omnibus in hac parte considerandis, et quæ curiam nostram movere poterant et debebant ;

Præfata Curia arrestum talem ex dictis quatuor defectibus supradictis, procuratori nostro generali et Henrico *Baude* actoribus, contra prænominatos Dionysium *Bournel*, etc., defensores sic contumaces, adjudicavit et adjudicat utilitatem, videlicet quod dicti de-

---

[1] Suit le récit de la procédure qui constate le défaut des intimés sur cet ajournement, ainsi que sur trois autres donnés pour le 29 mai, le 4 juillet et le 27 novembre 1486.

fensores ab omnibus defensionibus, si quas super præmissis habere potuissent, ceciderunt et sunt exclusi,
eosque dicta Curia nostra de supradictis excessibus,
criminibus, delictis et maleficiis pro convictis et supe-
ratis tenuit et reputavit, tenetque et reputat, ac, ho-
rum ratione, ipsos defensores et quemlibet eorumdem
in solidum erga præfatum Henricum *Baude* in qua-
dringentarum librarum parisiensium summa, ac erga
nos in simili summa, et ad tenendum prisionem fir-
matam ubi decebit usque ad jamdictarum summarum
solutionem, prædicto H. *Baude* priusquam nobis facien-
dam, ac ipsos defensores in expensis, damnis et in-
teresse præfati H. *Baude*, earumdem taxatione dictæ
Curiæ nostræ reservata, condemnavit et condemnat.

Pronunciatum xi die aprilis, anno Domini m cccc
octuagesimo vi, ante Pascha.

TABLE DES MATIERES

DICTZ MORAULX POUR METTRE EN TAPISSERIE.

DOCUMENTS HISTORIQUES SUR HENRI BAUDE.

Achevé d'imprimer pour la première fois
à Paris, chez Bonaventure et Ducessois, quai des Augustins, 55,
le premier mars M D CCC LVI.